Um menino e um urso em um barco

Dave Shelton

Um menino e um urso em um barco

Tradução
Caroline Chang

Ilustração
Dave Shelton

1ª edição

BERTRAND BRASIL
Rio de Janeiro | 2012

Título original: *A Boy and a Bear in a Boat*

Capa: Rafael Nobre — Babilonia Cultura Editorial
Ilustração de capa: Dave Shelton

Editoração: FA Studio

Texto revisado segundo o novo
Acordo Ortográfico da Língua Portuguesa

2012
Impresso no Brasil
Printed in Brazil

Cip-Brasil. Catalogação na fonte
Sindicato Nacional dos Editores de Livros, RJ

S55m	Shelton, Dave
1ª ed.	Um menino e um urso em um barco / texto e ilustrações Dave Shelton; tradução Caroline Chang — 1ª ed. — Rio de Janeiro: Bertrand Brasil, 2012.
	224p.: il.; 23 cm
	Tradução de: A Boy and a Bear in a Boat
	ISBN 978-85-286-1618-7
	1. Literatura infantojuvenil inglesa. I. Chang, Caroline. II. Título.
	CDD: 028.5
12-6065	CDU: 087.5

Todos os direitos reservados pela:
EDITORA BERTRAND BRASIL LTDA.
Rua Argentina, 171 — 2º andar — São Cristóvão
20921-380 — Rio de Janeiro — RJ
Tel.: (0xx21) 2585-2070 — Fax: (0xx21) 2585-2087

Atendimento e venda direta ao leitor:
mdireto@record.com.br ou (0xx21) 2585-2002

Impressão e Acabamento: Yangraf

Para Pam

Subindo a bordo

—**B**em-vindo a bordo — disse o urso, em pé, virando-se para o menino. Ele segurava o barco para o menino entrar. Agora, soltava a pata do molhe de madeira e o empurrava na direção da água. O menino sentiu a instabilidade sob seus pés.

— Olá — disse o menino. O movimento do barco deixou sua voz trêmula.

— Para onde vamos? — perguntou o urso.

O menino recuou, hesitante, até o banco traseiro enquanto o casco deslizava e balançava embaixo dele.

Ao se sentar, ele caiu sobre o banco de madeira, batendo o punho contra a beirada do barco.

— Ai! — exclamou. — Para o outro lado, por favor. — Ele apontou vagamente com a outra mão para a água, sem levantar o olhar.

— Você é quem manda — disse o urso.

O menino acomodou sua bolsa sob o banco. Ele encontrou um espaço livre entre o monte de tralhas que já estava ali e então a empurrou com força para conseguir convencê-la a se encaixar no lugar. Houve um barulhinho de algo se quebrando. Sentindo-se culpado, o menino levantou os olhos na direção do urso, que parecia não ter ouvido nada. Ele estava sentado no banco da frente, posicionando os remos. Mergulhou uma das pás na água e a puxou rapidamente, virando o barco na direção oposta do molhe. O menino sentiu o barco balançar e depois se estabilizar, e seu estômago fez o mesmo. O urso deu uma olhadela para trás e, em seguida, para a frente, apertando os olhos para a distância. Ouviu-se um  ruído. Então, ele se inclinou, deixou caírem as pás dos remos na água e puxou-as para trás em um movimento longo, suave, colocando o barco em movimento.

— Lá vamos nós — disse ele.

— Vai demorar muito? — perguntou o menino.

— Um pouquinho — respondeu o urso.

Longe da sombra do molhe, eles se viram sob a luz radiante do sol, e o menino sentiu um calor muito forte. Ele tirou o casaco e o embolou no banco, ao seu lado. Olhou para o urso. Era um urso grande, e o barco era pequeno. Quando ele se inclinava para a frente no início de cada remada, era como se estivesse dando um bote na direção do menino, precipitando-se para o agarrar.

E o barco avançava e deslizava e balançava como se o mundo tivesse se soltado. Isso era um pouco irritante. O menino ficaria feliz de chegar aonde estava indo, em terra firme de novo. Ele olhou para além do urso, para a água à frente deles.

— Não dá nem para ver daqui, não é? — perguntou.
— Achei que daria para ver daqui.

— Não, é bem longe — respondeu o urso.

O menino se reclinou e ergueu o rosto na direção do sol. Fechou os olhos e brincou com as cores da escuridão que ele conseguia ver ao cerrar bem apertadas as pálpebras. Gostava mais do azul-esverdeado, mas era difícil vê-lo durante muito tempo. O menino bocejou e deixou sua cabeça cair para a frente, e seus olhos voltaram a se abrir.

Ele ficou observando o urso. Era uma visão reconfortante. Ele remava como se fosse o movimento mais natural do mundo. Tão natural quanto caminhar, ou até mesmo respirar. Tinha um ritmo firme, e ele parecia não fazer esforço algum para o barco avançar. O menino fechou os olhos de novo e ficou ouvindo o ritmo dos remos.

Splash, splash, splash...

Era bem tranquilizante. E o barco balançava de uma forma suave agora, mais ninando do que perturbando o menino. Ele se inclinou para a lateral do barco e olhou para a água. Viu, por entre as pálpebras semicerradas, as formas dançantes das ondas banhadas pelo sol. Então, deixou uma das mãos cair na água e fez com ela outras formas. A água estava fria, mas agradável. Ele trouxe a mão de volta para dentro do barco e bocejou mais uma vez. Sem se dar conta, tinha colocado as pernas sobre o banco, de modo que, agora, estava deitado sobre ele, encolhido para caber naquele espaço. Os raios de sol que batiam na água eram brilhantes demais; então, o menino descansou a cabeça sobre o seu casaco embolado. Fitando a trama do tecido, cujos detalhes eram ressaltados pela luz do sol, ele sentiu o calor na sua pele. Ficou ouvindo os remos, ritmados como um batimento cardíaco, e as ondas se dobrando suavemente umas sobre as outras. Ele sentiu o balanço do barco sob seu corpo, um balanço semelhante ao de um berço.

Fechou os olhos.

Anomalias imprevisíveis

Quando o menino abriu os olhos novamente, ele não fazia ideia, nem por um momento, de onde estava. Mas então o gosto de sal nos lábios, o cheiro de pelo molhado e o som dos remos batendo na água — *splash, splash, splash* — ajudaram a refrescar sua memória. Ao focar seus olhos turvos, ele viu o urso.

Ah, sim.

Sentando-se, ele tirou dos ombros um cobertor surrado que havia sido colocado em cima dele e piscou com força duas vezes. Então, olhou para além do urso. Ainda não havia qualquer sinal de terra à frente deles.

Mas não havia também atrás deles sinal da terra da qual haviam partido. Na verdade, para todos os lados, ele só via mar e céu.

O menino olhou o seu relógio, mas ele mostrava exatamente a mesma hora de quando haviam zarpado. Levou, então, o relógio ao ouvido, mas não se ouvia ruído algum.

— Parou — disse o menino, sonolento.

O urso olhou para ele, como se o estivesse vendo pela primeira vez.

— Bom-dia — disse o urso.

O menino o fitou com olhos arregalados e despertos.

— O quê? — perguntou.

— Bom-dia — disse o urso mais uma vez, meio confuso.

— Bom-dia? — perguntou o menino.

— Sim — confirmou o urso.

— É de manhã? — indagou o menino.

— Sim — respondeu o urso.

— Então... já é amanhã? — quis saber o menino.

O urso ponderou a respeito.

— Oh, não — disse. — Obviamente, não pode ser amanhã, pode? É hoje. Sempre é hoje, não é mesmo?

Mas, claro, é o hoje que ontem era o amanhã. Se entende o que quero dizer.

— Então, eu dormi a noite toda? — perguntou o menino. — Achei que eu tinha tirado apenas um cochilo.

— Oh, não — disse o urso. — Você dormiu durante horas.

— Mas então — disse o menino, franzindo as sobrancelhas — isso não significa que já deveríamos ter chegado? Quer dizer, sei que você disse que levaria algum tempo, mas achei que você estivesse querendo dizer uma hora ou algo assim, não a noite toda. Então, não deveríamos estar lá? Ou, pelo menos, conseguir ver o lugar a essa altura?

— Oh, estou entendendo o que você quer dizer — respondeu o urso. — Bem, sim, normalmente já teríamos chegado, mas infelizmente ocorreram umas... anomalias imprevisíveis nas correntes e tivemos que ajustar um pouco o nosso curso. Então, agora estamos atrasados. Lamento.

— Oh, entendo — disse o menino. Ele não estava entendendo nada. — Mas estamos *quase* lá?

— Na verdade, não.

O rosto do menino se entristeceu.

— Mas tudo está sob controle — disse o urso. — Não se preocupe.

O urso parou de remar, puxou os remos para dentro do barco e, com um pouco de dificuldade, pegou uma grande e surrada mala embaixo do seu banco. Ele a

abriu e tirou de lá um pedaço de papel velho, amarelado e dobrado. Desdobrou-o desajeitadamente e então o segurou à frente, como se estivesse lendo um grande jornal. O lado que o menino podia ver não tinha nada, a não ser umas manchas e um inseto esmagado, mas uma das pontas se dobrou, de forma que ele pôde ver um pouquinho do que estava impresso no outro lado. Havia um canto azul com uma grade desenhada em cima e números nas laterais. Então, pelo menos, o urso tinha um mapa. Isso deixava tudo mais tranquilo.

O urso examinou o mapa bem de perto. Na verdade, o menino pôde ver, pelo seu lado, uma saliência no papel onde o nariz do urso o pressionava. A saliência se mexia um pouco, e o urso murmurava e resmungava consigo mesmo. Então, o urso voltou a dobrar o mapa (o que só conseguiu na terceira tentativa), colocou-o de volta na mala e tirou de lá um telescópio. Pôs um olho no telescópio e mirou adiante, o mar à frente deles, e murmurou e resmungou mais um pouco. Em seguida, guardou o telescópio e, com um pouco mais de dificuldade do que tivera para pegar a mala, tornou a colocá-la sob o banco.

— Está tudo bem? — perguntou o menino.

O urso tratou de se desfazer de uma careta preocupada e sorriu na direção do menino.

— Oh, sim — disse. — Absolutamente nos trinques.

O menino imaginou que "nos trinques" significasse algo bom.

— Só preciso ficar atento ao lugar onde estamos. Não queremos dar de cara com nenhum monstro marinho, não é? — perguntou o urso.

O menino ficou um pouco assustado, até se dar conta de que o urso estava brincando. Pelo menos, o menino achava que ele estava brincando, por isso preferiu não perguntar.

— Já estamos quase lá? — quis saber o menino.

— Estamos adiantados no nosso caminho — informou o urso.

O menino se arrepiou e pegou o casaco.

— Por falar nisso — disse o urso —, por acaso você trouxe alguma comida?

Café da manhã

O menino não estava com fome, mas o urso começou a falar de comida, e ele, então, ficou faminto. Tirou sua bolsa de baixo do banco e pegou a comida que havia levado consigo. Comeu os dois sanduíches (queijo e picles, um de cada sabor), um pacote de batatinhas fritas, uma banana e três balas do seu sabor favorito — explosivas, de groselha —, que deixavam a língua roxa. E bebeu uma garrafa de refrigerante.

O urso também comeu. Ele pegou uma marmita grande de metal, arranhada e amassada, de baixo do

banco e de lá tirou um pequeno sanduíche triangular (sem a casca) e o comeu com toda delicadeza, mordiscando aos poucos, saboreando cada pedaço.

Um cheiro estranho chegou até o menino.

— De que era? — perguntou ele.

— Brócolis, limão e groselha — respondeu o urso. — Uma delícia!

— É uma marmita bem grande essa sua — disse o menino.

— Oh, sim — concordou o urso, olhando mais uma vez para o conteúdo. — Na verdade, eu não como muito, mas gosto de trazer bastante sanduíche, para o caso de acontecer alguma coisa.

— Para o caso de acontecer alguma coisa? Que coisa?

— Oh, você sabe como é — disse o urso, escolhendo graciosamente outro sanduíche. — Emergências.

— E — disse o menino, tão casualmente quanto possível — você costuma ter muitas emergências?

— Oh, você sabe como é, algumas — respondeu o urso, animado. — Elas deixam a vida interessante, não acha? As emergências? — Ele deu uma pequena mordida no sanduíche. — Hum... Anchova, banana e creme. Nham!

Quando terminou, ele guardou a marmita e tornou a remar para longe do nada que ficava atrás deles e na direção de coisa alguma à frente.

Splash, splash, splash...

O menino não estava exatamente preocupado. Ele tinha certeza de que o urso sabia o que estava fazendo. Bem, mais ou menos. Mas ele teria ficado mais feliz se pudesse enxergar terra firme. Ou outro barco. Ou qualquer coisa, na verdade, que não fosse céu e mar. Não havia nem mesmo aviões ou pássaros ou nuvens para se olhar, o que parecia um tanto estranho. E um tanto chato.

Distraidamente, o menino mergulhou no mar sua garrafa vazia de refrigerante e a trouxe de volta cheia d'água. Virou-a de boca para baixo, observando enquanto o fio de água caía e refletia a luz, e ouvindo o barulho que fazia. Então, tornou a encher e a esvaziar a garrafa.

Duas vezes era o bastante, afinal. Fazer aquilo não era algo assim tão interessante.

O menino suspirou e contemplou a barra de chocolate na sua bolsa. Ele adorava chocolate, mas, pensando bem, concluiu que não era hora de comê-lo. Guardaria para mais tarde. Para o caso de alguma emergência.

O urso cantava para si mesmo enquanto remava, com uma voz doce, aguda, cheia de trinados. Fazia o menino lembrar-se da avó cantando hinos na cozinha enquanto lavava a louça. O urso cantava tão baixinho que o menino não conseguia identificar a letra nem a melodia, mas era claramente uma canção bastante alegre, fosse ela qual fosse, e causava bem-estar. O urso certamente parecia gostar do seu trabalho, sorrindo ao cantar e remar. O menino decidiu não mais atrapalhá-lo

com outras perguntas que gostaria de fazer. Em vez disso, olhou em volta. O que não levou muito tempo. Fora do barco, era o mesmo panorama, em todas as direções. No barco, não havia muito espaço para qualquer coisa que pudesse ser interessante de se olhar. O urso mantinha o piso do barco totalmente limpo (ele até havia tido o cuidado de juntar os farelos do seu sanduíche e colocá-los em uma velha lata de melado que usava como lixeira), e tudo o que valia a pena ser olhado ele guardava embaixo dos bancos em um amontoado de tralhas. Era uma bagunça, e uma bagunça bastante sem graça: só latas velhas e pacotes e coisas de barco, e nada de brinquedos (além de, curiosamente, um pequeno pato amarelo de plástico).

O menino se pôs de pé um tanto desajeitado e esticou pernas e braços. Ele bem que gostaria de dar uma caminhada, mas precisou se contentar em andar em um minúsculo círculo no pequeno espaço entre o banco traseiro e o do meio. Ele girava e arrastava os pés e balançava e, então, frustrado e entediado, tornou a se sentar e suspirou baixinho. Como o urso não percebeu, ele suspirou mais alto.

O urso olhou para ele.

— Você está... entediado? — perguntou. Ele parecia intrigado com essa ideia.

— Bem, sim, um pouco — respondeu o menino.

— Entediado? — perguntou o urso. — Como você pode estar entediado? Não consigo entender. Em alto-mar, em um lindo dia, no melhor barquinho do mundo. O que poderia ser melhor?

— Chegar? — disse o menino, mas o urso não deu a menor bola.

— Entediado, é? Bem, acho então que você deveria experimentar o serviço de entretenimento a bordo. É cortesia — disse o urso.

— Entretenimento a bordo? — perguntou o menino, sorrindo com expectativa.

— Oh, sim — disse o urso. — Você vai adorar.

Entretenimento a bordo

As coisas não estavam indo bem.

— Estou vendo algo — disse o urso — que começa com... hum, deixe-me ver... — Ele olhou em volta, franzindo as sobrancelhas. Então, olhou para cima e sorriu: — ... C — disse.

— Céu? — indagou o menino, desanimado.

O urso pareceu quase chocado. Então, seu sorriso voltou, mais amplo que nunca.

— Acertou — disse o urso.

— Sabe, você é muito bom nisso — completou.

— Obrigado — agradeceu o menino, nem um pouco entusiasmado.

— É a sua vez — disse o urso.

— Estou vendo...

— Ei, você precisa abrir os olhos para ver alguma coisa.

Desanimado e recurvado no banco traseiro, com a cabeça nas mãos, o menino abriu um pouco os olhos, mirando acima, na direção do urso, por baixo de sobrancelhas furiosas. E recomeçou, com a voz entediada e monótona.

— Estou vendo algo que começa com M.

— Oh, eu sei — disse o urso. — Espere aí... — Ele contraiu a testa se concentrando, olhou para um lado, então para baixo, para o convés, depois para o outro lado, fechou

27

bem os olhos, tornou a abri-los, bateu os pés no chão, coçou a cabeça, coçou o traseiro, coçou uma das orelhas, murmurou consigo mesmo, movimentou a mandíbula, resmungou um pouco. O menino estava quase esperando que saísse alguma fumaça dos ouvidos do urso, de tanto esforço que ele fazia para pensar.

— É... Oh, não, espere... Ãh... Oh, eu sei, é... Hum...

Todo aquele rolar de olhos e coçar e bater de pés e movimentar de mandíbula cessou por um segundo, e o urso olhou, vazio, para o garoto.

— Hum, com que letra mesmo você disse que começava? — perguntou.

— M — respondeu o menino. *Como tudo o que vimos na última hora*, pensou.

— Oh, sim. M. Hum, é uma boa letra. Vamos ver...

Oh, pelo amor de Deus, pensou o menino. Ele olhou para fora do barco, para a água ondulante. Olhou fixamente para a água. Então, olhou para o urso. Depois, tornou a olhar para a água. Ele encarou o urso e fez sinal com a cabeça na direção da água.  O urso olhou para ele, sem entender. Então, lentamente, um sorriso chegou ao seu rosto, insinuando-se aos poucos, como um tímido nascer do sol.

— Marisco — disse o urso.

— Não.

— Não é marisco?

— Não.

— Oh. Eu estava convencido de que era marisco. E você tem certeza de que começa com M?

— Sim.

O menino fez sinal na direção da água novamente. Molhou a mão nela. Salpicou um pouco de água para os lados.

O urso tinha novamente uma expressão de extrema concentração, mas estava claro que não tinha entendido a dica. Desesperado, o menino começou a cantar, bem baixinho.

— Um marinheiro foi para o mar, mar, mar...

O urso olhou em volta com o canto do olho, franzindo as sobrancelhas.

— Pois gostava de remar, mar, mar... — cantou o menino.

O urso parecia confuso.

— Mas se cansou de remar, *mar, mar...* — cantou o menino, apontando para a água.

O urso fechou os olhos e balançou a cabeça, como se tentasse libertar um pensamento que, de algum modo, tinha ficado preso.

O menino cantou mais alto:

— Pois é muito grande o *mar, mar, mar...*

No final, ele estava quase gritando, inclinado para a frente e olhando nervoso, fixamente, para o urso, apontando para a água com uma das mãos e fazendo um gesto de ondulação com a outra.

— Mar? — perguntou o urso, hesitante.

— Sim — disse o menino, deixando-se afundar exausto onde estava sentado. — Muito bem.

— Oh, nossa! Minha vez de novo — disse o urso. — Estou vendo algo que começa com C.

— Céu — disse o menino.

— Nossa mãe! — exclamou o urso. — Você é mesmo *muito* bom nisso, não é? Você já jogou muito esse jogo antes?

— Um pouco. Olhe, Urso, se vamos continuar jogando, você não acha que poderíamos mudar um pouco as suas regras para que a gente possa ver coisas que estejam *dentro* do barco, além do que está do lado de fora?

— Oh, não, isso deixaria o jogo muito mais difícil. Além do mais, não sei como soletrar a maior parte das coisas que estão aqui. Vamos lá. É a sua vez.

— Mas...

— Vamos lá, só mais umas rodadas. Eu acho mesmo que estou começando a pegar o jeito agora.

— Mas... Oh, está bem.

O menino olhou em volta, por via das dúvidas, mas tudo o que ele via se resumia em mar e céu.

— Estou vendo... — disse ele.

Ele se debruçou sobre a lateral do barco com os braços sobre a beirada e o queixo pousado no dorso das mãos.

— ... algo... — continuou ele.

Sua cabeça caiu para a frente, como se ele não tivesse mais energia para mantê-la no lugar. Ele olhou ao longo da lateral do barco, para a água.

— ... que começa... — disse ele.

Havia algo escrito na lateral do barco, pintado com todo cuidado e tão claramente que podia ser lido de cabeça para baixo.

— ... com H — disse o menino, com uma nota de surpresa na voz.

Ele olhou para o urso. O urso estava sorrindo.

— *Harriet* — disse o urso.

O *Harriet*

— **P**or que o seu barco se chama *Harriet?* — perguntou o menino.

Ele não estava realmente interessado na resposta, mas isso fez com que parassem de jogar o jogo do Estou Vendo.

O urso continuou remando e virou a cabeça para olhar por cima do ombro na direção em que seguiam navegando.

— Eu o batizei com o nome de... uma amiga minha — disse o urso, meio de lado.

— Tem uma Harriet na minha turma, na escola — contou o menino. — Harriet Bailey.

— Oh — disse o urso. — E ela é legal?

— Não — respondeu o menino. — Nem um pouco.

— Oh — disse o urso.

— Pelo menos, não tão legal a ponto de se batizar um barco em sua homenagem.

— Oh — disse o urso.

— E como é a sua amiga Harriet? — perguntou o menino.

— Bem, na verdade, não sei mais. Não a vejo faz um tempo. — O urso parou de remar para coçar o nariz. — Mas ela era todas as coisas que eu esperava que o barco fosse.

— Que coisas? — perguntou o menino.

— Bem — disse o urso —, ela era bastante forte e muito confiável...

Ele estava olhando para cima e ao longe, como que para a distância e para o passado, e sorria.

— ... e muito alegre — completou ele. Então, deu um sorrisão diretamente para o menino e puxou os remos mais uma vez. Depois, começou a cantar um pouco mais alto que antes.

O menino deu mais uma olhada em volta do barco. Seu primeiro pensamento foi de que não era lá um grande elogio ter um barco surrado como aquele batizado com seu nome. Porém, examinando mais de perto o assunto, ele mudou de ideia. Era um barco velho, é claro, mas bem-cuidado. Amado, até. Apesar de as águas terem lavado e gastado suas tábuas com o passar dos anos, estava claro que a madeira havia sido recém-pintada, e com bastante esmero. E os metais brilhavam, mesmo alguns que estavam fixados por parafusos de três tamanhos diferentes. Havia sinal de todos os tipos de reparos, se você procurasse, mas você realmente tinha que ficar procurando. Haviam sido feitos com tanta paciência e cuidado que mal eram visíveis. Seria o trabalho notável de um marceneiro talentoso — que dirá de um urso que mal conseguia dobrar um mapa.

— Sua amiga parece ser bem bacana — disse o menino, mas o urso não deu sinal de ter ouvido. Continuou sorrindo e remando.

Os quadrinhos

A hora do almoço chegou e foi embora, mas não houve muito almoço na história.

O menino fitou o horizonte e esperou avistar terra firme, o que não aconteceu. Ele fechou os olhos e contou até cem tão lentamente quanto possível, e então tornou a abri-los. Ainda nenhum sinal. De novo, ele fechou os olhos, começou a contar até duzentos, ficou cansado no 124 e os abriu mais uma vez. Ainda nada.

Ele se abaixou para pegar um chocolate sob o banco, mas, quando puxou a sua bolsa, ela não saiu do lugar.

Puxou com mais força, mas ainda assim ela não cedeu. Então, ele saiu do banco e se agachou para examinar mais de perto. Algo parecido com um folheto havia ficado preso entre a bolsa e a lateral do barco, impedindo o menino de pegá-la. Agarrando-a com uma das mãos, ele a puxou para os lados, para abrir um pouco de espaço, e então soltou o folheto com a outra mão. Era uma revista em quadrinhos. Maravilha! O menino adorava histórias em quadrinhos. Não era nenhuma revista conhecida, e ela estava toda amarrotada, mas não importava. Ele a colocou sobre o banco e fez o que pôde para desamassá-la. Então, foi ler a revistinha.

Só que ele não conseguia.

— Que língua é essa? — perguntou, sacudindo frustrado a revista no ar.

Na verdade, o menino tinha falado consigo mesmo, mas o urso olhou para ele.

— Oh, isso — disse o urso. — Não tenho certeza. Recebo todo tipo de revista a bordo, mas nunca fui muito bom com línguas. Jovem legal, o cara que a deixou aí.

O urso levantou a cabeça e então olhou para o lado, lembrando-se.

— Um sujeito nervoso, mas muito agradável. Generoso com a gorjeta, também. Muito generoso. Ou então ele não entendia direito o nosso dinheiro, não sei ao certo.

O urso sacudiu os farelos de pensamento da testa, deu um grande sorriso e voltou a cantar, mais uma vez mergulhado em seu mundinho alegre, remando e sem dar qualquer atenção ao menino.

O menino folheou rapidamente a revista, esperando conseguir entender alguma coisa da história através das imagens, mas não conseguiu. Parecia ser somente um episódio de uma história mais longa, por isso não tinha propriamente um início ou um fim, tudo era apenas o meio. Não tinha jeito de saber o que havia acontecido antes ou o que aconteceria depois. E, na verdade, o menino não tinha lá muita ideia do que estava se passando naquele momento.

Não eram somente as palavras que ele não entendia (apesar de ter notado que "Aaargh!" estava escrito do mesmo jeito): as imagens também lhe pareciam estrangeiras. Os desenhos eram estranhos, todos angulares e feios e um pouco assustadores, e as cores ultrapassavam as linhas.

Ele não gostou nem um pouco dos quadrinhos. Mas, mesmo assim, folheou-os uma segunda vez (afinal de contas, não havia nada melhor para fazer). Mesmo sem muito sentido, houve umas partezinhas que o menino achou bem legais.

Lá no início, uma garota (que parecia ser a heroína) fugia das mãos dc um vilão malvado com um penteado assustador e um enorme casaco preto. Na última página, ela aparentemente corria risco de vida nas garras de um gigantesco monstro viscoso com um milhão de dentes e, até onde o menino conseguia entender, com um hálito sobrenaturalmente horrível. A maior parte do que acontecia no meio disso, porém, continuava sendo um mistério para ele.

Ele desistiu. Não fazia sentido. Mas teve o cuidado de não amassar a revistinha de novo ao guardá-la ao lado da sua bolsa.

Hora do chá

O menino não estava fazendo praticamente nada, e não fizera nada durante um bom tempo. Ele pensou, então, em continuar não fazendo absolutamente nada, só para variar.

O urso tinha remado o tempo todo, por isso era de se imaginar que eles tivessem viajado uma boa distância, embora, pela vista, não se pudesse dizer isso. O menino tinha passado um bom tempo olhando para o mar. Ele contara as ondas durante um tempo, mas acabara perdendo o interesse depois das primeiras quatrocentas, mais ou menos. Foi arrancado de sua atividade tediosa pela remada do urso, que, de repente, parou. Os remos ficaram imóveis, acima da água, e os olhos do urso, esbugalhados em uma estranha expressão, como se algo tivesse acabado de paralisá-lo.

— O que foi? — perguntou o menino.

— São quatro horas! — disse o urso.

O menino não tinha como saber se eram mesmo quatro horas.

— E? — perguntou.

— É hora do chá — disse o urso.

Então, ele ficou de pé, virou-se, abaixou-se, pegou sua mala e a colocou no banco do meio. Com uma precisão cuidadosa, tirou da mala um pequeno fogareiro a gás, uma caixinha de fósforos, um bule velho e escurecido, além de uma chaleira de porcelana, uma xícara e um pires. Em seguida, encheu o bule com a água de uma grande garrafa plástica. E depois acendeu o fogareiro.

Isso não era uma coisa tão simples assim de se fazer, pois o urso parecia ter medo de fogo. Primeiro, ele abriu a caixa de fósforos. Então, pegou um fósforo. Depois, fechou a caixinha de fósforos. Em seguida, colocou a caixinha, com o fósforo em cima, próximo ao fogareiro, sobre o banco. Com o rosto retorcido de concentração, segurou firme a lata azul do fogareiro com uma das mãos (esticando o braço bem longe do corpo) enquanto, com

a outra, girava o botão para liberar o gás. O urso estava arfando de leve, reparou o menino. E tremendo um pouquinho.

Então, ele girou o botão, uma mínima porção de uma volta, agarrou rapidamente o fósforo e a caixinha de fósforos, acendeu o fósforo e levou a chama até o queimador, com o rosto voltado para o outro lado e a pata livre protegendo o rosto.

Puft. O gás se acendeu pateticamente em uma chamazinha minúscula e azul. O urso respirou fundo e soltou. Então, colocou o bule sobre o fogareiro e girou o acionador do gás, de forma que a chama aumentou, fazendo um barulhinho. Na ponta do bico do bule, havia um dispositivo assobiador em forma de pássaro, que avisava com um zumbido quando a água fervia, mas o som não durou muito, já que o urso estava prestando atenção e desligou rapidamente o gás. Ele usou um pouco da água para aquecer a chaleira, movimentando-a em círculos e jogando o restante no mar. Depois, colocou três colheradas de folhas de chá tiradas de uma lata arranhada e enferrujada na chaleira, encheu-a com a água do bule, depositou a tampa no lugar e, carinhosamente, vestiu-a com um protetor de lã cor-de-rosa com pompons no topo. Em seguida, pegou embaixo do banco um estojo preto de formato esquisito. Abriu-o e tirou dele algo que pareceu familiar e estranho ao mesmo tempo para o menino.

— O que houve com o seu violão? — ele quis saber. — Ficou molhado e encolheu?

— Não é um violão — disse o urso. — É um uquelele. Eu uso uma música para controlar o tempo de preparo do meu chá. — Dedilhando as cordas, afinou o instrumento. Então, começou a tocar e a cantar.

Quando você estiver no mar,
Terá um amigo em mim.
Vamos tomar um chá
E seguir navega-an-do...

O tempo pode estar feio,
Chovendo e ventando.
Adoraremos
Quando estiver troveja-an-do...

Você teme se afogar.
Os tubarões estão rondando.
E daí? Vamos para casa
Voa-an-do...

E se a corrente for forte
E a noite fria e escura for longa
Quem liga? Vamos cantar
E continuar rema-an-do...

No geral, o urso dedilhava um acompanhamento bem simples para a canção, mas, entre as duas estrofes finais, ele tocava uma parte instrumental bastante complicada. Não era algo fácil para ele, a julgar pelas caretas que fazia. Ele estava, obviamente, se esforçando muito. E o menino tinha que se esforçar mais ainda para não rir.

Quando terminou, o urso guardou o uquelele, tirou o abafador do bule e serviu chá na xícara.

— Quer um pouco? — ofereceu ao menino.

— Não, obrigado — respondeu ele. Nunca conseguira entender para que se tomava chá. Mesmo com um montão de açúcar, ainda assim era algo sem gosto.

Então, o urso levou a delicada porcelana até a boca, soprou de mansinho a superfície do líquido fumegante e deu um minúsculo gole.

— *Aaaaaaaaaaaaaaaaaaaaaaaaaaaaaaaaaaaaaaaaaaah!* — suspirou o urso.

E, então, sorriu e olhou para o nada, com uma expressão de profunda satisfação que ficou no seu rosto pelos quinze minutos seguintes, enquanto bebia, um golinho (sonoramente degustado) por vez, o conteúdo da xícara. Quando terminou, usou a última gota da chaleira para enxaguar a xícara, guardou tudo cuidadosamente e retomou os remos, feliz da vida.

O menino ficou observando o urso e também tentou dar um sorriso. Acabou conseguindo, mas não sem algum esforço.

Confiança

No fim do dia, quando se aninhou sob o cobertor no espaço entre o banco traseiro e o do meio, o menino não tinha dúvidas quanto às habilidades do urso. Este explicou que tinha havido "mais complicações" (apesar de, por bondade, ter poupado o menino dos detalhes), de forma que "infelizmente" haveria um "atraso adicional" na viagem deles. Mas seu jeito disposto e confiante era genuinamente tranquilizador, e a noite estava agradável, e eles, com certeza, chegariam cedo na manhã seguinte.

O menino tinha certeza de que o urso sabia o que estava fazendo.

Mas, ao fim do dia seguinte, ele começou a ter lá suas dúvidas.

E, à tarde do dia que se seguiu, ele começou a ficar realmente muito preocupado.

Os mapas

O menino estava lendo a revista em quadrinhos de novo, como tinha feito no dia anterior e no dia anterior ao anterior. Ainda não havia conseguido decifrar o que acontecia na história. Lera-a incontáveis vezes, e as mesmas coisas aconteciam uma vez após a outra, e nada daquilo fazia o menor sentido. Mais ou menos como os últimos três dias, na verdade. Então, ele desistiu (mais uma vez) e guardou a revistinha embaixo do banco.

Splash, splash, splash...

— Urso...?

O urso continuou remando, mas olhou contrariado para o menino.

— Não ouse — disse ele — perguntar: "Já estamos quase lá?"

— Oh. Está bem.

O urso não disse mais nada, mas fez questão de arfar e arquejar, apesar de estar remando no mesmo ritmo estável de sempre, fazendo o barco avançar, sem grande esforço, a uma velocidade impressionante.

O menino olhou para o mar e depois para o céu, examinando lentamente a paisagem em todas as direções. Não encontrou nada que pudesse surpreendê-lo. Olhou em volta, no fundo do barco, arrumado como sempre,

a não ser por uma garrafa a seus pés, que continha os últimos goles de refrigerante.

— Quer um pouco?

O urso levantou o olhar, com uma expressão mais gentil dessa vez.

— Não, obrigado. Não tem muito, não é? Acho que é melhor tentar fazer isso durar. Mas pode beber, se quiser.

— Não. Vou esperar um pouco.

Splash, splash, splash...

— Urso?

— Sim?

— Nós vamos... — O menino hesitou, ensaiando algumas vezes a pergunta na cabeça. Ele não tinha certeza de que seria bem-aceita.

— O quê? — perguntou o urso, não muito impaciente. Talvez não houvesse problema em perguntar.

— Nós vamos ficar bem, não vamos? Quer dizer... Não vamos desistir antes de chegar lá?

— Claro que não. Não se preocupe. Só precisamos ser um pouco cautelosos com os nossos suprimentos. Por precaução.

— Cautelosos — disse o menino. — Sim, claro. E nós não... — Mais uma vez, ele hesitou.

— O quê? — perguntou o urso, no mesmo tom. Ele ainda parecia calmo.

— Nós não... Ora, não se ofenda, mas...

— O quê?

— Nós não estamos perdidos, estamos?

O urso parou de remar. Durante todo o tempo que levou até que o barco parasse de avançar, ele não disse uma palavra. E continuou mudo. E, depois disso, fez-se silêncio por mais um instante ainda. E, durante todo esse tempo, ele encarou o menino diretamente nos olhos.

— Como ousa? — indagou ele, afinal, lentamente e em voz baixa. — Você me julga o quê, um incompetente?

— Não. Oh, não. Não mesmo. É só que...

— Que...?

— Que... está demorando, não acha? Mesmo com as anêmonas nas correntes.

— Anomalias — disse o urso.

— Anomalias, isso — repetiu o menino.

— Sim — confirmou o urso, com a cabeça ainda erguida em uma postura desafiadora. — Anomalias nas correntes. Sim. Coisinhas traiçoeiras, as correntes, sabe? Não posso fazer nada. Mas tudo está sob controle.

— Então, não estamos perdidos?

— Não!

A voz do urso soou desafiadora e brava, mas, de alguma forma, sua expressão não parecia assim. Havia algo errado nela, algo incerto, que não convencia.

Ele estava quase encarando o menino, mas não muito. O menino percebeu logo. Ele se levantou de onde estava sentado e olhou o urso nos olhos. O urso o encarou de volta. Eles ficaram se olhando. Por um bom tempo.

O urso piscou primeiro.

Isso resolveu o impasse.

— Estamos, não estamos? Estamos perdidos! — disse o menino.

Ele se sentiu triunfante ao dizer aquilo, mas não por muito tempo. Afinal de contas, não se pode esperar que um urso se comporte como uma ovelhinha por muito tempo.

O urso rugiu ao se levantar. Foi a primeira vez que o menino o ouviu rugir. Não era um rugido alto, mas, de alguma forma, isso o tornava mais atemorizante. O *Harriet* balançou quando o urso avançou em direção ao menino, fazendo uma sombra sobre ele. A confiança do menino o abandonou junto com a luz do sol, e seu estômago se contraiu. Ele era um menininho em um barco com um urso bravo. Aquilo parecia longe do ideal.

— NÓS — disse o urso.

O menino cogitou a possibilidade de pular pela lateral do barco e sair nadando. Ele era bom nadador.

— ... NÃO... — gritou o urso.

A água parecia bastante convidativa. Não estaria assim tão fria, pelo menos. E, tanto quanto ele sabia, não havia tubarões nos arredores.

— ... ESTAMOS — bramiu o urso.

O menino se perguntou se tinha tempo de tirar os sapatos e meias antes de pular.

— ... *PERDIDOS!* — vociferou o urso.

O menino caiu para trás sobre o banco, como se tivesse sido soprado por um vento poderoso.

— Nós não estamos perdidos! — repetiu o urso. — Eu sei exatamente onde estamos. EXATAMENTE! Aqui, está vendo isso? — Ele puxou da sua mala um quepe branco surrado. Trazia o emblema de uma âncora na frente. — Você sabe o que é isso? — Com um floreio, o urso colocou o quepe meio torto na cabeça. — Esse é um quepe de capitão. Eu sou o capitão desta embarcação, e um capitão, permita-me dizer, não se perde. Está satisfeito agora? Está mais calmo? Não? Tudo bem, então. Vou lhe mostrar, já que você simplesmente não consegue confiar na sabedoria e na experiência de um urso que passou a vida toda no mar, já que o instinto e a intuição do seu capitão aparentemente não são suficientes. Então, deixe-me mostrar.

O urso abriu de novo a mala e pegou o mapa.

— Deixe-me mostrar — disse ele — exatamente onde estamos... — E ele desdobrou o mapa e o colocou sobre o banco do meio para o menino ver.

— Aqui — disse ele —, bem aqui. Aqui é onde estamos.

E ele apontou o local no mapa. E o menino olhou.

O mapa era perfeitamente quadrado e inteiramente azul. Todinho. Não havia terra alguma, nem mesmo uma ilhazinha que fosse, em nenhum lugar. Primeiro, o menino pensou que, pertinho do canto inferior direito, havia um estranho arrecife de corais circular, mas, ao olhar melhor, viu que se tratava de uma mancha de chá deixada pela xícara do urso. O mapa mostrava, de cabo a rabo, um mar plano, azul, sem marcações. Ele engoliu em seco, imaginando o mapa azul como o mar de verdade, se imaginou olhando esse mar de verdade, lá de cima, do ar, imaginou o *Harriet*, minúsculo e insignificante, no lugar próximo de onde o urso estava apontando.

— Nós estamos mesmo no meio do nada, não estamos? — perguntou o menino.

O urso ergueu o olhar para o menino, sua raiva se dissipando ao ver a expressão vazia do companheiro, de ombros caídos, derrotado.

— Oh, não — disse ele. — Não no meio do nada. Não, de jeito nenhum.

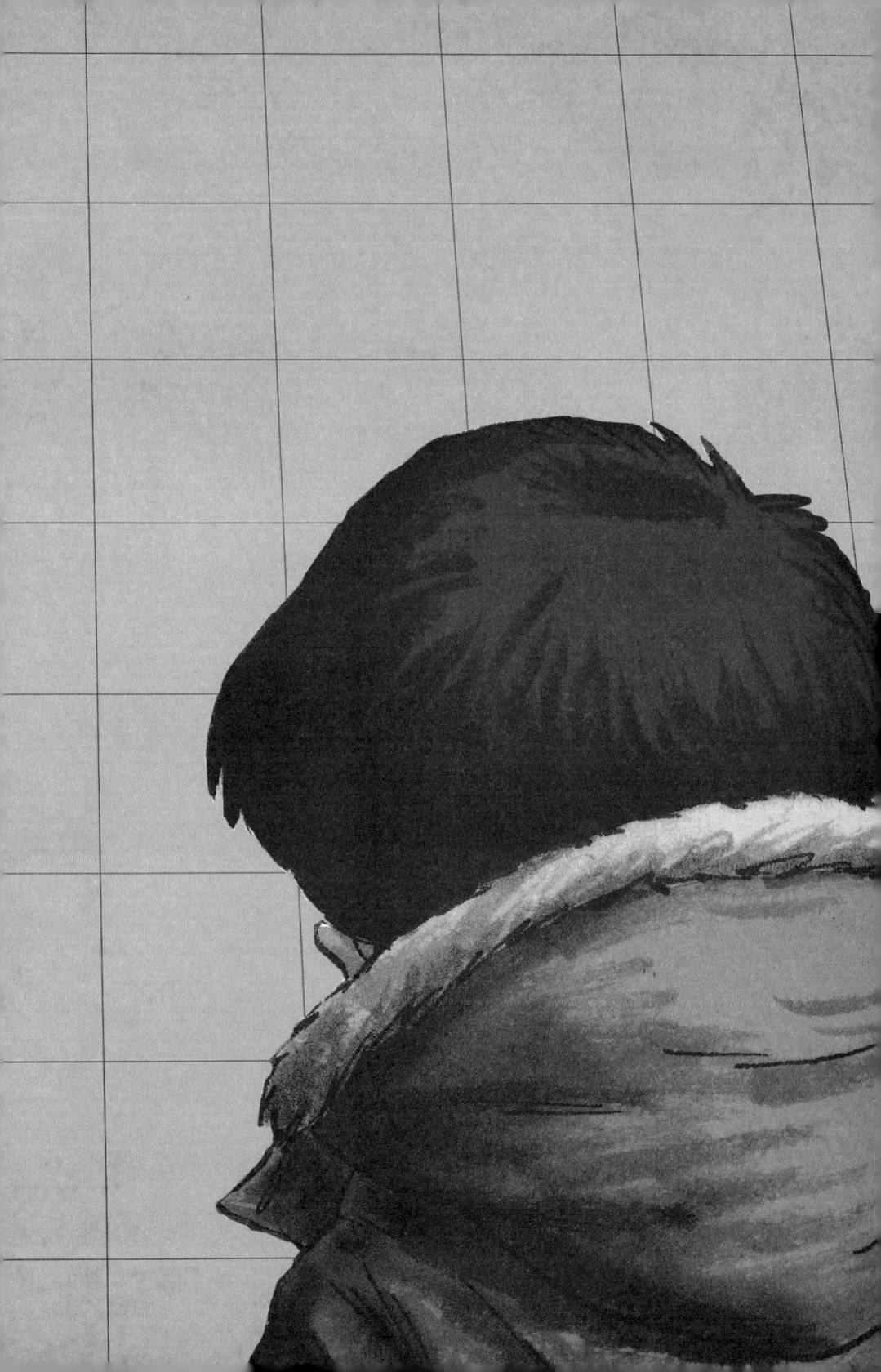

O menino ergueu os olhos e fitou o urso. Estava ansioso por qualquer fiapo de consolo, mas também cansado de falsas esperanças.

— Mesmo? — perguntou ele, desconfiado.

— Mesmo — confirmou o urso. Ele apontou novamente no mapa para o lugar que havia indicado logo antes. — Veja, estamos aqui.

O menino fitou um pedacinho de azul do grande mapa azul.

— E o *meio* do nada é aqui. — O urso levou o dedo uma polegada ou duas mais abaixo e à direita, e bateu com o dedo no lugar umas duas vezes, para sublinhar o que estava dizendo. — Nós passamos por ali por volta do meio-dia de ontem. Então, você vê que não estamos tão mal.

O menino não pareceu especialmente animado com a informação. O urso se desfez da sua expressão confusa e continuou, avidamente:

— E, de todo modo, logo, logo vamos estar fora deste mapa para entrar neste aqui — disse ele, e tratou de desdobrar um segundo mapa e estendê-lo sobre o primeiro. O menino olhou para o mapa. Era muito, muito azul. A voz do menino soou quebradiça, quando ele falou:

— Não há nada aqui. Só mar e mar e mais mar. Qual é a finalidade de ter um mapa onde não há nada a não ser mar?

— Acontece que eu gosto do mar — disse o urso, indignado. — E, de todo jeito, este mapa não é só mar. Olhe aqui.

Ele apontou confiante para um farelo de biscoito.

— É um farelo de biscoito — disse o menino. E rapidamente o devorou.

— Oh — disse o urso. — Ah, espere aí... — E ele aproximou o rosto do mapa, fixando o olhar até ficar vesgo e movendo a cabeça para os lados, procurando algo. Com o nariz tão próximo ao papel, parecia estar tentando farejá-lo.

— Arrá! — gritou ele, finalmente. — Aqui está! — E colocou uma das patas em um local no quadrante direito superior. O menino seguiu a ponta da pata do urso, abaixo da qual ele só conseguiu ver uma minúscula manchinha preta.

— O que é isso, afinal? — perguntou o menino.

— É uma pedra — disse o urso. — Então, é bom que tenhamos o mapa para nos certificarmos de não bater nela. É o tipo de responsabilidade que um bom capitão leva muito a sério, se você quer saber.

O menino ficou sem fala. Uma lágrima solitária abriu caminho bochecha abaixo.

— Não precisa chorar de felicidade — disse o urso. — É tudo parte do meu trabalho.

Mensagem em uma garrafa

O urso continuava remando. O menino estava sentado, muito quieto e olhando vagamente para o mar. Seu estômago parecia um nó, e sua boca estava muito seca. Ele bebeu o resto do refrigerante. Estava sem gás, quente e horrível, e então desejou ter mais uma dúzia de garrafas iguais.

Certa vez, em umas férias na praia, ele havia encontrado uma garrafa com um bilhete. Vinha de outro país: de muito, muito longe, seu pai lhe dissera. Ele tivera intenção de procurar no mapa quando chegasse em casa, mas acabara esquecendo e agora nem sequer conseguia se lembrar do nome do país. A mensagem não dizia nada muito interessante (até onde eles conseguiram entender), mas ele ficara maravilhado só de imaginar de quão longe a garrafa e o bilhete tinham vindo até encontrá-lo. Decidiu escrever também uma mensagem. Usou o saco de papel das balas e escreveu nele com um lápis que tirou da bolsa.

Quando terminou, colocou o papel dentro da garrafa e rosqueou a tampa no lugar. Então, debruçou-se na popa do barco e deixou a garrafa cair na água. E ficou observando, enquanto ela balançava de lado, tornando-se menor e menor à medida que se afastavam dela. Não demorou para ela virar somente uma manchinha ao longe. E depois apenas meia manchinha.

E, em seguida, desaparecer.

Fedorento

O tempo passou. Ficou mais escuro e mais frio, porém, de resto, pouca coisa mudou. O urso remava. O menino se impacientava e se agitava. Ele estava tenso e inquieto e, apesar do cansaço, ansiava por um pouco de atividade. Queria andar de um lado para o outro, pisando fundo, expressando sua impaciência, mas não havia espaço suficiente. Então, só o que pôde fazer foi girar sobre o próprio eixo e, não estando ainda acostumado ao balanço do barco, perdeu o equilíbrio. Ao cambalear sobre a lateral do barco, este se inclinou, desequilibrando o menino ainda mais. Ele arqueou as costas, lançou os braços agitados ao ar e mal conseguiu se manter de pé. E mais, ele tinha muita certeza de que o urso, de cabeça baixa e concentrado nas suas remadas, não havia percebido nada. Então, o barco se jogou na direção oposta, e o menino caiu sentado, com uma pancada sonora.

— Vai tirar uma soneca? — perguntou o urso, ainda sem olhar para o menino. Mas a lua estava cheia e clara o suficiente para o menino vê-lo sorrir.

— Humf! — disse o menino.

O urso encolheu o sorriso.

— Você deveria dormir — disse ele. — Está tarde.

— Não estou cansado — contrariou o menino, voltando a sentar calmamente no seu lugar. Então, ele bocejou fazendo barulho.

— Como não? Está na cara. E com fome, você está com fome? Quer comer alguma coisa? Acho que é melhor guardarmos o chocolate por enquanto, mas ainda tem um sanduíche.

O urso parou de remar e se abaixou para pegar sua marmita.

— Achei que a gente já tinha comido todos os sanduíches — disse o menino.

— Eu também achava — disse o urso —, mas aí tirei o papel laminado e encontrei este aqui, no fundo da marmita. Acho que deve ser alguma sobra da minha última viagem. Então, está, hum, um pouco passado.

— De que é? — perguntou o menino. Ele já havia experimentado alguns dos sanduíches do urso e tinha ficado desconfiado daqueles recheios excêntricos. Havia: atum, manteiga de amendoim e abacaxi; brotos e mel; pimenta malagueta, mostarda e raiz-forte; e o que o urso chamava de "especial de café da manhã": bacon, ovo, salsicha, mingau, flocos de milho e grãos de café entre duas fatias de pão torrado. O menino não se animava com a ideia de qualquer coisa parecida com isso. Mas estava com muita fome.

O urso remexeu na sua marmita e tirou de lá algo que parecia um pão triangular. Estendeu-o ao garoto.

— É todo seu — disse ele.

O menino olhou para o sanduíche que o urso estava oferecendo. Ele percebeu que o urso o segurava de forma um tanto temerosa, com a pontinha de duas patas e pela beirada. Apesar disso, o pão não dobrava nem um pouco. O menino levantou o olhar para o urso. Tornou a olhar para o pão. Era muito difícil dizer qual a cor do sanduíche à luz da lua, mas, fosse da cor que fosse, não parecia bom.

— O que tem nele? — perguntou o menino, de novo.

— Não lembro — respondeu o urso.

— Bem, abra e dê uma olhada — disse o menino.

— Não consigo — perguntou o urso. — Não abre.

O menino olhou para o urso. O urso sorriu timidamente para o menino. Os dois voltaram a olhar para o sanduíche.

— Está... — disse o menino.

— O quê? — perguntou o urso.

— Ele está... só um pouco, mas está... *brilhando*?

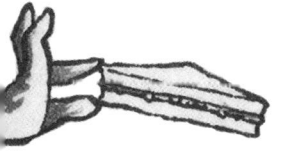

— Não — disse o urso.

Os dois olharam para o sanduíche e se inclinaram (com cuidado) para examinar mais de perto.

— Quase nada — completou o urso.

— Não estou assim com tanta fome — disse o menino. — Você pode comer.

— É muito gentil da sua parte — disse o urso —, mas acho que vou guardá-lo para o café da manhã.

E, quando ele tornou a guardar o sanduíche, o menino percebeu que o urso fechou a tranca da marmita, coisa que ele não costumava fazer, e pareceu tomar cuidado extra ao guardá-la.

Os dois voltaram para seus lugares de costume.

— Você deveria dormir — disse o urso. — Eu vou continuar por um tempo. Está uma noite muito agradável. Pensei em remar um pouco mais e observar a lua.

— Observar a lua? — perguntou o menino. — Por quê? Ela não vai fazer nada, vai? Quero dizer, a lua é só a lua. — Mas, ao dizer isso, ele próprio levantou os olhos para ela e, como não havia nada melhor a fazer, ficou olhando durante um bom tempo. Ele tinha razão, a lua não estava fazendo nada demais. Mas também não precisava. Ela era simplesmente bonita. Simples assim. O menino olhou a lua durante mais tempo e com mais atenção do que jamais fizera (pois quem podia gastar tempo olhando para a lua quando havia uma tevê para ser assistida e videogames para serem jogados e revistas em quadrinhos para serem lidas?) e se sentiu, por um momento, calmo, confiante e seguro.

— Maneiro! — disse ele, baixinho. E, então, o menino olhou para as estrelas. Havia um montão delas, mais, pensou ele, do que o normal. Perguntou-se de onde haviam surgido as estrelas novas. Talvez fossem apenas as de sempre, só que amontoadas no mesmo pedaço de céu. Ele torceu o pescoço ao olhar para cima, para diferentes pedaços do céu, mas todos pareciam igualmente lotados.

— Você pode ver mais estrelas aqui — disse o urso, como se lesse a mente do menino —, porque aqui é mais escuro.

O menino abaixou a cabeça e olhou para o urso.

— É engraçado, não? — continuou o urso. — Tudo mais você não consegue enxergar direito no escuro, mas, no caso das estrelas, você consegue ver melhor. Nas cidades, com as luzes da rua e coisas do tipo, não é escuro o suficiente para ver muitas estrelas, mas aqui... — O urso levantou o olhar e sorriu e se esqueceu de concluir a frase ou não sentiu necessidade. O menino olhou para cima de novo, também. Ficaram sentados por um tempo, em silêncio, satisfeitos, bebendo a beleza da noite.

— Você navega se guiando por elas? — perguntou o menino.

— Heim?

O menino olhou para o urso, e o pescoço do outro, arrepiado por uma brisa suave, doeu um pouco, queixando-se por ter que se movimentar de novo.

— Você usa as estrelas para saber que direção tomar?

O urso franziu as sobrancelhas.

— Para saber de que lado é norte e de que lado é sul, e tudo mais?

— Ohh — disse o urso —, isso parece inteligente. Como você faz isso?

— Eu não sei — disse o menino. — Você é quem deveria saber navegar. Eu sequer sei o nome delas.

— Elas têm nomes? — perguntou o urso.

Os olhos arregalados do menino eram como mais duas estrelas agora, escancarados de espanto.

— Sim, claro — disse o menino. — Todas elas têm nomes. E se você sabe os nomes e sabe qual é qual e para onde todas elas vão, então, você sabe dizer qual é cada direção e sabe para que lado você tem que ir. É isso.

— Maneiro! — disse o urso. — Isso parece um trabalhão danado, quando se poderia simplesmente usar uma bússola.

— Você tem uma bússola? — perguntou o menino.

— Não — disse o urso.

— Então, como você sabe para que lado estamos indo?

— Eu simplesmente sei — disse o urso. — Sei onde estamos e sei para onde estamos indo. E é só, isso é o suficiente.

O menino pareceu irritado e desconfiado. E ele estava ficando com frio também. Olhou em volta, impaciente, procurando o seu casaco na escuridão especialmente escura embaixo do seu assento.

— Oh — disse o urso —, mas eu sei uma coisa sobre navegar com o auxílio de estrelas.

— E o que é? — perguntou o menino.

O urso puxou os remos para dentro do barco e se pôs de pé, levantando os olhos para a profunda escuridão e para o profundo fascínio do céu. Comeu com os olhos as estrelas na faixa de céu diretamente acima dele, como se buscasse alguma coisa. O menino também se levantou, subiu no banco do meio, mais próximo do urso do que costumava ficar, para seguir o olhar do companheiro de viagem. Ele ainda era mais baixo que o urso, mas podia olhá-lo nos olhos agora e ver refletidos na escura umidade deles a maravilha e a magia e o mistério da noite, com as estrelas faiscando e cintilando em volta. Então, o menino levantou o olhar novamente, tentando ver o que o urso via, percorrendo os pontinhos piscantes como se estivesse atrás de pistas.

— Você está vendo... — disse o urso, com uma voz distante e baixinha, quase em transe. Ele lentamente levantou um braço. — Você está vendo... — Ele apontou para as inominadas estrelas acima. — Essas três estrelas maiores, quase alinhadas?

— Sim — disse o menino, com um sussurro, olhando para o braço erguido do urso e para a pata que apontava.

— Bem, aquela direção... — disse o urso.

— Sim? — disse o menino.

— Aquela direção... — disse o urso.

— Sim?

— ... definitivamente...

— Sim?

— ... fica para cima — disse o urso.

Houve uma pausa muito longa, durante a qual o menino considerou uma série de coisas que poderia dizer ao urso. Ele acabou pensando em algo muito bom (e bastante rude), mas ainda estava esperando o urso parar de rir em silêncio, marotamente, de sua própria piada quando foi dominado por um terrível sentimento de náusea. O urso, ainda risonho, não havia abaixado o braço, e o rosto do menino estava próximo à axila do animal.

— Aaaaaaaaargh!!! — disse o menino. — Você está fedendo!

Não foi lá uma coisa tão inteligente de se dizer como era a sua intenção, mas até que funcionou bastante bem.

O urso pareceu magoado, e o menino ficou contente com isso.

— Eu estava dando duro, sabia? — disse o urso em sua defesa, rapidamente abaixando o braço. — Eu tive que suar um pouco. Não me surpreendo se estou com um cheiro meio... passado.

— Passado? — disse o menino, tapando o próprio nariz e recuando para a popa do barco. — Está mais para estragado! Acho que vou vomitar! Eca! — O menino se debruçou no barco e, exagerando, fez de conta que ia vomitar. — Oh! Eca! S.O.S.! Mayday! Estou preso em um barco com um urso gordo e fedorento! Blerg! Mandem Socorro! Mandem a guarda costeira! Mandem sabonete!

Sua encenação, já pouco convincente, ficou ainda mais artificial por sucessivos ataques de riso. Mesmo sem olhar para trás, o menino sabia que o urso estava magoado, o que tirava graça da brincadeira, mas, de algum modo, agora que havia começado a rir, o menino descobriu que não conseguia parar. Ele se jogou contra a lateral do barco e riu e uivou e bateu com os punhos até ficar sem fôlego e rouco e exausto. Finalmente, parou. Ele estava com vergonha e não queria olhar em volta, nem para o urso. Mas, de algum jeito, mesmo assim, não achava que devia pedir desculpas. Então, ele se ajoelhou ali, olhando para a água escura, ouvindo a própria respiração e o seu coração, ambos se acalmando.

De repente, a água se iluminou, e o menino viu o próprio reflexo. Havia lágrimas nas suas bochechas, e ele não sabia se eram de riso ou de arrependimento. Fosse como fosse, não queria olhar para a própria imagem; então, finalmente, ele se levantou, constrangido, ainda sem encarar o urso, mas olhando de soslaio para ele, com o canto do olho. O urso havia acendido um lampião e o segurava na ponta de uma vara que ele havia erguido à frente do barco. O urso se sentou e apanhou os remos mais uma vez.

— Você deveria dormir agora — disse ele.

O menino se virou na direção oposta à do urso, deitou-se encolhendo-se sob o cobertor velho que o urso lhe dera na primeira noite. Fechou os olhos e ficou ouvindo o ritmo dos remos.

Splash, splash, splash...

O menino se perguntou o que poderia dizer ou fazer para pedir desculpas. Mas adormeceu rapidamente, antes de conseguir pensar em qualquer coisa.

Sozinho

O menino acordou. Dormira bem, mas ainda se sentia péssimo. Seu corpo doía por causa de mais uma noite sobre as tábuas do fundo do barco, e seu estômago exigia comida; acima de tudo, porém, ele se sentia mal por ter chamado o urso de fedorento. Ficou deitado, imóvel, por um momento, reunindo coragem para pedir desculpas, tentando encontrar as melhores palavras e as mais gentis. Quando se sentiu satisfeito com o que iria dizer, começou a colocar tudo para fora, enquanto saía de baixo do cobertor e se colocava de pé desajeitadamente, esfregando os olhos para afastar o sono.

—Desculpe por eu ter dito que você é fedorento, Urso. Quer dizer, é verdade, um pouco, mas não é culpa sua, e aposto que há ursos que têm um cheiro ainda pior. E eu não deveria ter fingido que ia vomitar, porque, na verdade, você não me deu vontade de vomitar. Não muito. Quase nada. E, de qualquer jeito, não é culpa sua, na verdade. Acho que todos os ursos têm um cheiro um pouco forte. Eu só não estou acostumado. E acho que, quando se é um urso, a gente não percebe, então...

Agora, o menino estava em pé, olhando para a frente. Mas o urso não estava lá.

De forma uma tanto ridícula, o menino olhou para trás. Depois, olhou em frente, mais uma vez, para se certificar. O urso realmente não estava lá. Os remos tinham sido puxados para dentro do barco, e o banco em que o urso sempre ficava estava vazio. E, em todas as direções (e o menino conferiu todas elas, pelo menos, duas vezes), não havia nada para se ver a não ser mar e céu. Ele encontrou o telescópio do urso e voltou a olhar em volta, mas não fez diferença.

Confuso, o menino se deixou cair sobre o banco, com os olhos arregalados de surpresa e sem acreditar no que estava vendo. Talvez o urso tivesse sido devorado por um monstro marinho, e o menino estivesse dormindo enquanto isso acontecia. Que horror! Mas, não, não podia ser isso. Monstros marinhos não existiam de verdade. Eram apenas algo que o urso havia inventado, não eram?

Talvez o urso tivesse sido sequestrado por piratas. Eles ainda existiam, aparentemente. O menino tinha visto no noticiário. Hoje em dia, eles não usavam tapa-olho nem pernas de pau nem tinham papagaios, mas ainda eram piratas, parecia. E, sem sombra de dúvida, eram malvados. Mas, com certeza, o urso teria lutado. E piratas lutando contra um urso teriam feito muito barulho. O menino tinha certeza de que teria acordado.

Sendo assim, o urso havia abandonado o barco para dar uma lição no menino. Ou ficara tão bravo a ponto de sair nadando, ou... O menino mal podia suportar a ideia, mas ela abriu caminho na sua mente, de qualquer jeito. Talvez o urso tivesse ficado tão chateado e furioso a ponto de se afogar! Só que o urso não poderia ser assim tão sensível, poderia? Ursos não são sensíveis, são? Mas o fato era que ele não estava lá, e o menino havia eliminado a possibilidade de monstros e piratas...

O menino estava se sentindo muito pior agora do que quando acordara. Antes, ele não estava feliz porque se encontrava preso em um barquinho no meio do nada com um urso grande e fedorento, mas era muito melhor do que estar preso em um barquinho no meio do nada e inteiramente só. E, mesmo o urso sendo irritante e fedorento e chato, o menino, na verdade, até gostava dele. Quase sempre. O menino sentiu imediatamente como

se estivesse completamente vazio e como se pudesse explodir. Sua cabeça estava tonta e seu estômago, embrulhado. Lágrimas de raiva e tristeza brotavam de dentro do menino, e ele sabia que, a qualquer momento, todas elas começariam a jorrar.

Foi então que, com um molhado *slopt*, uma grande esponja do mar aterrissou aos seus pés. Ele olhou para ela. Depois, olhou para o urso, que emergia da água a certa distância da proa.

— Eu trouxe um presente para você lá do fundo — disse ele. — Você já tinha visto uma esponja viva?

O menino ficou tão surpreendentemente aliviado por vê-lo que, como é natural, só o que pôde fazer foi gritar, furioso:

— O que você acha que está fazendo? Você desapareceu por um tempão! Eu não sabia onde você estava! Você sabe como eu fiquei preocupado?

Então, o menino se calou, em parte porque estava parecendo a sua própria mãe (e, quando ela dizia esse tipo de coisa, ele sempre pedia para ela não fazer tempestade em copo-d'água) e em parte porque ele, de repente, precisou se concentrar para não cair. O urso estava subindo de volta no barco, que, por isso, se inclinou muito para um dos lados.

— Achei que você iria gostar — disse o urso, um tanto chateado, enquanto caía, encharcado, sobre a lateral do barco. — Eu estava tomando banho para ficar mais cheiroso para as suas jovens e delicadas narinas, mas já estou vendo que o esforço não foi apreciado. *E* eu mergulhei até lá no fundo para trazer essa esponja para você. Não é fácil, sabe? Por sorte, eu sou bom em segurar a respiração. — O urso fez o que deveria parecer uma pose heroica, que ficou enfraquecida por seu mau humor e pelo modo como o seu pelo parecia engraçado quando ele estava molhado. — Pulmões grandes — disse ele, orgulhoso, enquanto poças se formavam aos seus pés e faziam riscos molhados ao longo dos vãos entre as tábuas do fundo do barco.

— Você não deveria estar remando esta joça? — disse o menino. Era para parecer uma frase furiosa, mas ele sorria um pouco ao falar.

Tempo inclemente

O urso remava e o menino permanecia sentado. O menino não tinha certeza se conseguiria se dar ao trabalho de olhar em volta, como fazia todas as manhãs. Mas a verdade é que ele não tinha nada melhor para fazer e precisava ocupar um dia longo. Então, ele ficou de pé e se espreguiçou e olhou para fora, para além da traseira do barco, e ao longe, para os dois lados, e viu apenas um céu azul sem nuvens sobre um mar azul sem ondas.

O menino decidiu se aventurar e observar a vista da proa do barco. Ele se preparou, arqueou os ombros, apertou bem os olhos e se inclinou um pouquinho para a frente enquanto contava até três. E, aí, deu o bote! Girou sobre o próprio eixo, pulando e se posicionando de forma a olhar para a frente, arregalando os olhos e gritando "ARRÁ" só para combinar.

O urso, que até então estivera perdido no seu costumeiro estado diurno de devaneio enquanto remava, deu um pulo no ar com a surpresa. E assim, enquanto voltava a cair sentado no banco, ele perdeu o ritmo da remada. Um dos remos saltou para fora da água enquanto o outro caía e afundava nas profundezas. O urso bateu forte com o cabo do remo na própria barriga, chegando a perder o fôlego, enquanto o remo se soltava da sua mão. Ele se dobrou de dor, mas rapidamente se inclinou para trás, para pegar o remo solto. Afobado, ele atacou o remo desajeitadamente, dobrando o corpo mais uma vez e quase sem conseguir pegá-lo a tempo.

Ainda todo torto e um pouco sem fôlego, o urso levantou o olhar até o menino, palavras furiosas se juntando atrás da barreira dos seus dentes e formigando para sair. Mas ele viu que o menino tinha uma expressão de surpresa no rosto e que estava apontando para algo acima da cabeça do urso. Ele olhou em volta.

Era uma nuvem.

Não era uma nuvem grande. Não tinha qualquer formato interessante. Não era bonita. Mas lá estava,

quebrando a monotonia do céu, uma mancha cinza no meio do tedioso azul. Era algo diferente e, por causa disso, havia surpreendido e agradado o menino.

O urso lançou um olhar em direção à nuvem e uma carranca em direção ao garoto. Então, recomeçou a remar e se alegrou quase instantaneamente.

Eles estavam avançando bem na direção da nuvem, e, à medida que o dia foi passando, a nuvem ficou maior e mais escura.

— Parece que vem uma tempestade por aí — disse o menino.

O urso se virou para olhar bem a nuvem.

— Não, não uma tempestade — disse. — Pode ser que as coisas fiquem um pouco... inclementes. Talvez uma ou duas gotinhas de água. Mas não uma tempestade. Isso, não.

Meia hora depois, com uma chuva pesada batendo em seu rosto, o menino pressionou o urso.

— Achei que você tinha dito que não seria uma tempestade — gritou ele.

O urso olhou para ele, confuso.

— Isso? Isso não é uma tempestade — disse. — Isso é só um pouquinho de chuva.

O *Harriet* se inclinou assustadoramente quando uma onda atingiu em cheio sua lateral. O urso enfiou um dos remos na água, sem alarde, virando o barco para que pudessem navegar mais confortavelmente sobre uma onda ainda maior.

— Mas está tudo errado! — disse o menino.

— O que você quer dizer com isso? — perguntou o urso.

— A chuva deveria cair desse jeito — disse o menino, acenando freneticamente para cima e para baixo. — Não assim! — Agora ele abanava a mesma mão de forma horizontal.

— Ah, sim. E também há um pouco de brisa, agora que você falou — disse o urso.

O menino lançou para ele um olhar exasperado.

O urso retribuiu o olhar com firmeza.

— Eu já estive em tempestades, meu rapaz — disse ele. — Já estive em tempestades de verdade. E essa não é uma delas, acredite.

O menino ficou em silêncio. Ele ainda estava incomodado, mas viu que o urso realmente não se mostrava preocupado com o tempo. Pilotava o barco com firmeza, navegando sobre as ondas com facilidade, mostrando um pouco mais de concentração ou esforço do que quando as águas estavam calmas. O urso sabia o que estava fazendo.

— Não se preocupe — disse ele. — Isso é apenas uma pequena pancada de chuva. — Ele olhou para cima e em volta, parecendo alheio à água que caía como chicotadas e às mordidas do vento. — Logo vai...

Misteriosa e subitamente, a chuva parou, as nuvens se dissolveram e o mar voltou a se acalmar.

— ... parar — disse o urso.

O menino passou uma das mãos sobre o próprio rosto, tirando fios de cabelo molhados de cima dos olhos, e olhou em volta, atônito. Em todas as direções, ele viu um céu azul límpido sobre um mar azul plácido. Era como se a pancada de chuva jamais tivesse acontecido. Ele quase se perguntou se havia sonhado tudo aquilo. Somente a água que alcançava os tornozelos no fundo do *Harriet* (com o patinho de plástico agora flutuando nela) indicava o contrário.

Depois que o urso encheu suas garrafas com a água da chuva (e depois que os dois beberam bastante água), o menino pegou emprestado o bule para tirar a água do barco, e um sol cálido surgiu, secando a roupa do menino e o pelo encharcado do urso.

— Viu só? — disse o urso, com o focinho virado para o céu e com um sorriso de alegria no rosto. — O tempo mudou. Está muito agradável.

O menino, cansado e molhado e faminto, não concordou completamente. Mesmo assim, eles dividiram o que restava do chocolate e o menino se alegrou um pouco.

O menino folheou a revistinha em quadrinhos mais uma vez. Ele a abriu sobre o banco do meio para secar e precisou virar as páginas encharcadas com muito cuidado para evitar destacá-las dos grampos. Foi preciso um bom tempo para chegar até o final por causa disso.

Mas, é claro, o final não era mesmo o final.

O Ultimíssimo Sanduíche

Eles haviam tentado ignorá-lo durante um bom tempo, mas o barulho que o estômago dos dois fazia estava ficando tão alto que cada um deles tinha que se esforçar para ouvir o que o outro dizia. Era como se, enquanto o menino e o urso tentavam levar uma conversa civilizada, seus sistemas digestivos estivessem no meio de uma discussão cada vez mais acalorada.

Finalmente, o menino ousou abordar o assunto.

— Estou com fome — disse ele, e seu estômago grunhiu concordando.

— Mesmo? — disse o urso.

— Sobrou alguma coisa? — perguntou o menino.

— Bem, nós comemos o resto do chocolate...

— Então, não tem mais nada?

— Bem...

O menino, cuja expressão já estava um tanto tristonha, ficou ainda mais cabisbaixo.

— Nós estamos morrendo de fome — disse ele. — Estamos perdidos...

— Não estamos perdidos! — disse o urso.

— ... e não sobrou nenhuma comida.

— Bem... — disse o urso.

— O quê? — perguntou o menino.

— ... ainda tem...

— Oh, não! — disse o menino. — Isso não! Não... — Ele mal tinha coragem de pronunciar as palavras. O mero pensamento já o fazia se sentir enjoado e pequeno e assustado. — Não... — sua voz era um sussurro — ... o Ultimíssimo Sanduíche!

— Bem, olhe, eu sei que a cara dele não está lá muito apetitosa... — disse o urso.

— Nãããaaaaooooo! — gritou o menino.

— Eu sei que está um pouco... passado.

— De jeito nenhum! — disse o menino.

— E acho que, de fato, está com um cheiro um pouco estranho. E tem um pouco de bolor nele.

— Um pouco? O sanduíche está mais peludo que você!

— Não está assim tão mal — disse o urso, de forma não muito convincente.

Eles ficaram sentados em um silêncio constrangedor por um momento. Então, os estômagos deles, talvez preocupados pela embaraçosa pausa na conversa, começaram a gemer novamente com renovado vigor; o do urso emitindo um ronco profundo, o do menino cantando uma harmonia um pouco mais aguda na escala musical.

— Acho que não faria mal dar uma olhada, pelo menos — disse o menino. — Onde está a marmita?

— É assim que se fala! — disse o urso, pondo-se a remexer, decidido, na área de armazenamento embaixo do seu banco.

O menino ficou observando o traseiro do urso virado para o ar enquanto ele procurava a marmita. Ele percebeu que o rabo do urso era um indicador eficiente do seu humor e ficou aliviado por ver que estava abanando de forma bem vivaz. Parecia que a confiança e o otimismo do urso eram genuínos, e não apenas uma tentativa de acalmar o menino. O urso cantarolava enquanto vasculhava, e seu traseiro dançava, só um pouquinho, acompanhando a melodia. Sim, apesar de todos os detalhes preocupantes da situação em que eles se encontravam, o urso parecia acreditar que eles ficariam bem. Sendo assim, talvez ficassem mesmo. O menino conseguiu dar um meio sorriso (ele iria guardar a outra metade para mais tarde) e olhou para o céu azul sem nuvens, sentindo mais uma vez o calor do sol no rosto. *Sim*, disse ele consigo mesmo, *tudo vai ficar bem*. E ele acreditava realmente nisso.

— Ah! — exclamou o urso.

— O que foi? — perguntou o menino, baixando os olhos e percebendo que o traseiro do urso estava agora preocupantemente parado.

— Oh! — exclamou o urso, mais uma vez.

— O que foi? — tornou a perguntar o menino.

O urso se endireitou e lentamente se virou para encarar o menino, segurando aberta à sua frente a velha e surrada marmita de metal. Ela estava com algumas novas marcas e totalmente vazia.

— Acho que ele fugiu! — disse o urso.

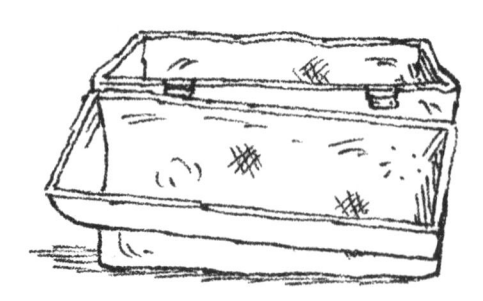

Pescando

E les não levaram muito tempo procurando o Ultimíssimo Sanduíche e não precisaram se esforçar muito. O urso deu uma rápida olhada na bagunça e na confusão na proa do barco. O menino vasculhou rapidamente a popa. Por um segundo, ele achou que tinha ouvido um barulho, um som molhado de mastigação. Então, disse para si mesmo, muito firmemente, que não tinha ouvido nada e se voltou para o urso.

— Bem — disse o urso —, como estamos os dois sem sanduíches, acho que o melhor é pegarmos uns peixes.

— Oh, certo — disse o menino. Ele ficou um tanto atraído por essa solução aparentemente óbvia para o problema de comida que enfrentavam. Olhou o mar e pensou nele de maneira diferente. Até então, considerara-o uma espécie de prisão. E pensara somente na sua superfície, nunca nas profundezas e em toda a incrível variedade de vida que continha. Toda a variedade saborosa e nutritiva de vida...

— Hum... — disse o menino —, um peixinho... seria ótimo. E acho que você pode simplesmente pular na água e pegá-lo com as suas próprias patas, não pode? (Ele tinha visto algo do tipo, certa vez, na televisão.)

— Eu não acreditaria nisso. Mas poderíamos tentar com isso aqui.

O menino encarou o urso e viu que ele estava segurando uma vara de pescar. Era uma vara velha, e um bocado da linha havia se desenrolado do carretel e estava todo embaraçado nele, mas parecia forte o suficiente.

— Um passageiro deixou isso aqui a bordo alguns meses atrás. Ele ficou um pouco mareado e foi embora apressado quando voltamos à terra... finalmente. Há um tempão quero jogá-la fora, mas agora fico feliz por não ter feito isso.

— Oh, que bom — disse o menino, com um pequeno soluço de esperança fazendo a sua voz ficar um pouco estranha. A próxima refeição ainda parecia estar longe, mas, pelo menos, agora ele podia acreditar que haveria uma.

O urso examinou a vara de pescar, desfazendo os nós da linha embaraçada e enrolando-a de volta no carretel. Quando terminou, ele ergueu a ponta livre do fio.

— Hum... não tem anzol.

O menino, pela primeira vez, não ficou desanimado.

— Talvez a gente possa fazer um.

— Sim — disse o urso, pensativo —, talvez, se eu encontrar um pouco de arame ou...

O menino o interrompeu. Ele havia tido uma ideia e achava que podia ser uma boa ideia.

— Ah! — disse ele, agarrando a revistinha em quadrinhos. — E que tal isso?

O urso parecia confuso. Era uma cara que ele fazia muitas vezes e que lhe caía bastante bem.

O menino abriu a revistinha e começou a extrair um dos grampos, desdobrando as extremidades e puxando-o para soltá-lo das páginas. Logo o menino conseguiu soltar o grampo e,

orgulhoso e esperançoso, o ergueu à frente dos olhos para o urso ver.

O urso ponderou um pouco.

— Sim — disse ele, afinal —, pode ser que isso funcione. — Ele tirou o grampo das mãos do menino.

— Obrigado — respondeu o outro. Então, com a cabeça inclinada para um dos lados, a língua para fora e os olhos fixos em intensa concentração, com surpreendente destreza, o urso usou as patas como um par de alicates para dobrar e torcer o grampo até deixá-lo com um formato bem parecido ao de um anzol.

— De nada — disse o menino, quando o urso lhe mostrou o resultado.

— Agora, o que podemos usar como isca? Talvez nós precisemos dar mais uma procurada naquele sanduíche — disse o urso.

— Não — gritou o menino. — Não apenas não quero comer aquele sanduíche como não quero comer nada mais que tenha comido aquele sanduíche. Além disso, a essa altura, acho que seria mais provável o sanduíche comer o peixe do que o inverso.

— Hum. Você tem razão — disse o urso.

Eles pensaram durante um momento, com o acompanhamento dos seus estômagos, que faziam um dueto.

— Ooh! — exclamou o urso. — Poderíamos fazer uma mosca.

Era a vez de o menino parecer confuso. Ele não era tão bom na coisa quanto o urso, mas fez um esforço bom o suficiente para um iniciante.

— Sabe? — disse o urso. — Pesca com mosca. Eles usam aquelas botas emborrachadas de cano longo e ficam em pé no leito do rio por dias a fio. Pura diversão. E usam moscas de mentirinha como isca. Anzóis feitos para parecerem insetos.

Uma memória vaga de uma gelada visita, alguns anos antes, à casa do Chato Tio Iain tossiu educadamente chamando a atenção na parte de trás da cabeça do menino.

— Oh, sim — disse ele. — Acho que sei do que você está falando. Esses anzóis não são normalmente um pouco cabeludos, ou cheio de penas, ou... peludos?

— Sim. Isso mesmo. Agora, se pudéssemos encontrar um pouco de... ui!

O urso fez uma cara feia para o garoto e esfregou vigorosamente com uma pata raivosa um pedacinho minúsculo da sua coxa que, de repente, estava desprovido de pelos. O menino, tentando com bastante esforço fazer cara de quem pedia desculpas em vez de parecer divertido, segurava no ar o recém-arrancado tufo, entre o dedão e o indicador.

— Sim — disse o urso, pegando o tufo de pelos de volta —, isso vai servir.

Ele não ficou bravo com o menino por muito tempo. Logo estava absorto com a tarefa de fazer a mosca. Demorou muito para conseguir, e o menino não parava de fazer perguntas. Mas isso tinha um lado positivo: embora ele jamais fosse admitir, responder uma pergunta chata o ajudava a descobrir o que fazer em seguida. E fazer a mosca era um negócio delicado. Então, os dedos finos do menino eram uma ajuda e tanto sempre que duas patas pareciam não ser o suficiente para dar conta do recado. Depois de vários recomeços, erros, alguns gritos e umas picadinhas, eles conseguiram, juntos, amarrar o tufo de pelo no anzol usando um fio solto tirado da manga do casaco do menino. O urso lambeu os machucados enquanto segurava a mosca com a outra pata. Ele e o menino examinaram o artesanato.

— Parece que ficou bom — disse o urso.

— Sim, parece que ficou — concordou o menino.

Ele sorriu para o urso. O urso sorriu de volta.

— Vamos pegar uns peixes, então — disse.

O menino tinha uma velha chave, que ele tirou do chaveiro para amarrar na ponta da linha e que serviu de peso. O urso amarrou o pato de plástico alguns metros mais acima na linha para servir de boia. O anzol peludo foi fixado entre os dois, mais próximo à chave do que ao pato.

— Você acha que isso está bom? — perguntou o menino, olhando o conjunto.

— Bom o suficiente, acho — disse o urso alegremente, lançando a vara para trás da sua cabeça. Em seguida, impulsionou o braço para a frente, golpeando o ar acima com a vara, com elegância e força, como se tivesse feito isso toda a sua vida.

Então, depois de cuidadosamente removerem o anzol do traseiro do urso e ele ter parado de gritar, tentou de novo.

A linha viajou por cima da água, fazendo um elegante arco no ar. A chave atingiu a superfície com um distante *plop* e submergiu o anzol. O pato de plástico flutuou, e a linha afundou no mar entre o pato e o barco, oscilando na superfície da água. O urso recolheu um pouco a linha, diminuindo a folga. Então, eles observaram o pato dançando ao longe no mar. E observaram e esperaram. E esperaram e observaram.

Muito tempo passou, bem lentamente.

As pernas do menino começaram a doer, então ele se sentou. Depois de um tempo, seu traseiro doeu de ficar sentado sobre o banco duro de madeira, então ele se levantou. Seu estômago fez barulho, e ele bocejou.

— Shh! — disse o urso, que havia ficado completamente parado (nem sequer havia piscado) o tempo todo. — Você vai afugentar os peixes.

— Que peixes? — perguntou o menino (mas bem baixinho). — Acho que não há nenhum.

— Claro que há peixes — disse o urso.

— Talvez a nossa mosca não seja boa, afinal de contas — sussurrou o menino.

— É uma bela mosca.

O urso ainda mantinha os olhos fixos no pato amarelo ondulante, e sua voz era baixa e firme.

— Quanto mais penso nisso — disse o menino —, mais acho que não parecia tanto assim com uma mosca.

— Bem, não — disse o urso —, talvez não. Mas não precisa parecer exatamente uma mosca.

— Não parecia nem um pouco com uma mosca.

— Bem, não, não muito. Mas parece um tipo de inseto ou algo do tipo. Isso basta.

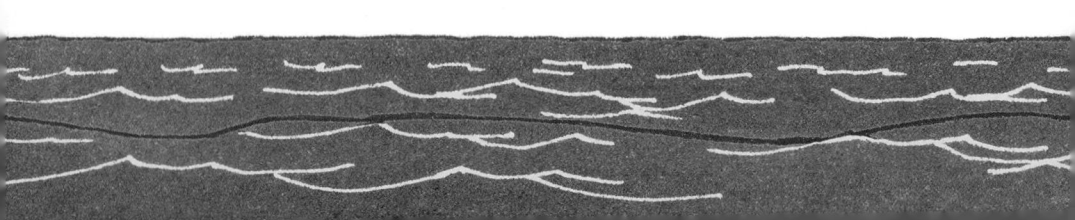

— Que tipo de inseto? — perguntou o menino.

— Não sei — disse o urso, meio grosseiro. — Talvez uma lagarta ou algo assim? Assim, está parecendo uma lagarta. Um pouco.

— Acho que sim — disse o menino, observando o pato durante um tempo. Não estava acontecendo nada com ele.

— Será que os peixes comem lagartas? — perguntou o menino.

— O quê? — perguntou o urso.

— Será que os peixes comem lagartas?

O urso pensou a respeito.

— Sim. Acho que sim. Provavelmente. Sim. Sim, tenho certeza. Peixes comem lagartas. Pelo menos, alguns tipos de peixe comem lagartas. Pelo menos, alguns tipos de peixes comem alguns tipos de lagartas. Sim.

— Hum... — fez o menino.

Uma brisa entediante e suave fez menção de soprar, mas, no fim, decidiu não se dar ao trabalho. Estava tudo parado naquele momento. O pato estava lá, parado. O menino estava pensando.

— Mas será que os peixes que comem lagartas — perguntou o menino — não estariam em rios?

— Talvez — respondeu o urso; na verdade, antes de ter pensado um pouco sobre a pergunta.

— Em vez de estarem no mar — disse o menino —, onde não há lagarta alguma.

— Hum, talvez — disse o urso. Ele lançou o olhar na direção do pato ondulante flutuando sobre a água. Um pontinho colorido no mar vasto e escuro. O menino se pôs ao lado dele, olhando para a mesma direção, mas sem olhar de verdade para nada.

O menino deu uma fungadinha.

— Os peixes aqui provavelmente nunca veem uma lagarta durante toda a vida — disse.

— Bem, isso é bom, não é? Porque, assim, eles não vão saber que a nossa não é lá muito boa, não acha? — perguntou o urso.

— Eu não tinha pensado nisso.

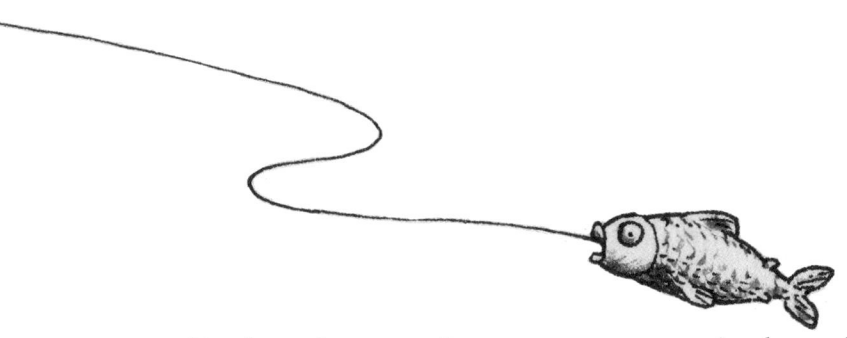

— E não acho que eles enxerguem muito bem. E eles certamente não são lá muito espertos.

— Hum.

— E eles certamente ficam muito entediados de comer, hum, seja lá o que for que eles normalmente comem. Então, se eles veem uma lagarta, mesmo não sabendo o que é, certamente vão tentar comê-la, só para variar um pouco.

— Acho que sim — disse o menino.

— Então, está tudo bem — disse o urso. — Em algum momento, um peixe míope e estúpido com um gosto por aventura vai aparecer e...

A vara puxou. A atenção deles foi fisgada pelo pato enquanto ele desaparecia na água. Com uma quebrada do pulso, o urso puxou a vara para cima e para trás, instantaneamente levantando a linha para cima e impulsionando para fora da água e para o ar um peixe muito assustado. Ele voou pelos ares e aterrissou bem aos pés dos dois, se debatendo e resistindo e dando pulos no fundo do barco.

— Aí está. O que eu lhe disse? — perguntou o urso, e o menino não pôde deixar de sorrir de alívio. Na verdade, ele estava quase caindo na gargalhada. Sentiu uma risada subindo por dentro enquanto observava o urso retirando o anzol da boca do peixe. Não era um peixe enorme, mas era grande o suficiente. O menino queria dançar de felicidade (mas, se dançasse, o barco iria balançar e ele provavelmente cairia. Por isso, não dançou).

TOIN!

O urso golpeou a cabeça do peixe firmemente contra a lateral do barco, uma só vez, matando-o instantaneamente e acabando com a alegria do menino, que ficou quieto, com os olhos esbugalhados de choque. Estranhamente, o urso parecia engraçado e ameaçador, parado ali, tenso de alegria, segurando um peixe mole em uma das patas. O menino olhou para o urso e não disse nada.

Então, seu estômago rugiu de novo.

— Bem, não fique aí parado — disse o menino. — Temos um peixe para cozinhar.

Cada vez maior

O menino acordou e lambeu os beiços. Havia neles um gosto sutil do peixe do dia anterior, mas mesmo aquele sabor fraco era maravilhoso. O urso tinha fritado o peixe em uma pequena panela no seu fogareiro de fazer chá (aceso, como sempre, com o braço esticado e com um cuidado extremo muito engraçado), e eles haviam comido com as mãos (e patas), o sumo escorrendo pelas suas bochechas, os dois felizes da vida por terem se livrado da fome e por causa da delícia do peixe. Se os seus estômagos tivessem podido dançar de alegria, eles teriam dançado.

Então, por um instante, os dois ficaram sentados alegremente sob a luz do luar, conversando e fazendo brincadeiras. O urso até tentara ensinar ao menino uma canção de bordo, mas, para o menino, a melodia mudava cada vez que o urso a cantava. Então, quando finalmente o menino achou que havia dominado a melodia, o urso tornava a se perder no uquelele ou esquecia as palavras e gaguejava a música e fazia uma pausa. Aí, ele recomeçara, com uma afinação diferente, possivelmente com uma música bastante diferente, era difícil dizer. Então, acontecia uma confusão dos diabos, para ser sincero, mas a risada deles era muito gostosa nas pausas. Até que, em algum ponto, o menino caiu no sono e dormiu profundamente e sonhou mais alegremente do que qualquer outra vez desde que haviam começado a viagem.

Agora, o gosto da refeição do dia anterior em seus lábios atiçava a sua fome. Seu estômago rosnava. O peixe do dia anterior estivera surpreendentemente delicioso, só que não tinha sido muito grande. Mas tinha sido no dia anterior. O estômago do menino, lembrando para que havia sido feito, ansiava por voltar ao trabalho. O do urso estava claramente pensando nessas mesmas coisas. Roncava demais. A barriga do menino gorgolejava uma melodia.

— Você pode tentar a sorte com a vara de pescar, se quiser — disse o urso. — Veja se consegue pegar algo para nós. Eu vou continuar remando.

O menino ficou bastante entusiasmado com a ideia de pescar. Ele nunca achara, na verdade, muita graça naquilo quando via os adultos pescando para se divertirem (o que poderia haver de divertido em ficar totalmente parado durante um bom tempo sem nada acontecer?), mas, agora que se tratava de uma maneira de não morrer de fome, o menino começou a ver a utilidade da coisa.

Suas primeiras tentativas de lançar a linha não foram lá muito bem. Na primeira, ele conseguiu fazer o anzol se prender no seu casaco, que estava embolado sobre o banco, e o lançou na água. Na outra, enredou a linha em um dos remos e fez o urso reclamar por estar atrapalhando seu trabalho. Até que o menino se deu conta de que podia simplesmente baixar o pato de plástico na água e, então, aos poucos, desenrolar a linha do carretel à medida que o barco saía do lugar. Uma vez que o pato estivesse longe o suficiente a ponto de não ser mais visto, o menino poderia puxar a linha lentamente e depois recomeçar. Ele fez isso várias vezes e, apesar de ficar decepcionado quando não conseguia pegar nada, acabou achando que não estava especialmente frustrado. Tinha paciência, bem, mais ou menos, e, porque o urso ficava em silêncio o tempo todo, sem oferecer conselho nem o desencorajar em nenhum instante, o menino percebeu que ele o aprovava. O céu estava tão sem nuvens como sempre e o mar, calmo. Os únicos sons eram os *splash, splash, splash* dos remos e dois estômagos resmungões roncando, mas o menino não ficou entediado. Ele se esforçava ao máximo em suas habilidades. O sol estava cálido, a brisa era fresca. Ele se sentia bem. Muito, muito esfomeado, mas bem: em paz, contente, calmo.

E, então, o pato afundou.

— Ooooooh! — disse o menino. — Aaaaaaaah!

— Whuthurr-ab-ab-ab-ab-ab-ah-fuuuuh! — gritou o menino para o urso enquanto apontava para a linha de pescar, toda esticada, que se encontrava com a superfície da água, no meio de um monte de marolas.

O urso observava o menino com uma expressão calma e divertida, diminuindo o ritmo de suas remadas, mas completamente em silêncio. O menino voltou sua atenção para a linha de pescar, puxou com força a vara

e começou a enrolar o carretel. Não foi fácil. A força na linha era muito grande. Ele se sentou no banco do meio (esmagando o próprio casaco, que ele havia aberto sobre o banco para secar) e apoiou os pés contra o banco traseiro. A vara pulava em suas mãos, como se tentasse se libertar em um safanão e saltar no mar, mas o menino a segurou com firmeza, puxou para trás, e viu que ela se dobrava assustadora sobre a sua cabeça. Então, ele se perguntou se era possível ela se quebrar. Do contrário, com certeza a linha se romperia.

— Acho que você tem algo aí — disse o urso, alegre.

O menino o ignorou. Outro puxão firme na linha continuou atraindo a sua atenção. O puxão na linha havia tornado a baixar o ângulo da vara, deixando-a quase horizontal, e o cabo do carretel fugira da mão do menino. O carretel girava enquanto a linha fugia de dentro dele, e o adversário do menino, que ele ainda não conseguia ver, se afastava rapidamente do barco.

— Oh, não, você não.

O menino agarrou a vara, primeiro diminuindo a velocidade com que o carretel girava, depois parando-o. Puxou a vara novamente, esticando a linha, e baixou a vara enquanto recolhia a linha para manter a tensão. Já vi isso ser feito em algum lugar, pensou. Ele não achava que estava fazendo a coisa direito, mas, de qualquer forma, conseguiu recuperar parte da linha que havia sido perdida. Então, fez o mesmo outra vez: puxou a vara, baixou-a, girou o carretel. Dessa vez, foi mais fácil. Quando ele puxou a vara para trás pela terceira vez, foi mais fácil ainda. A linha parecia brigar menos com ele, a vara se dobrava mais docilmente, como se a coisa que tinha sido pega no anzol, fosse lá o que fosse, estivesse se cansando. Logo, o menino pôde recolher a linha com facilidade, girando o carretel suave e rapidamente, e dando uma risada gostosa com a expectativa. O ângulo da linha se fechava à medida que a presa era puxada para mais perto do barco, com o pequeno pato de plástico se acelerando para junto da embarcação. Logo, o menino estaria erguendo triunfante sua presa. Ele se deu conta de que o barco não estava mais saindo do lugar e de que o urso estava agora em pé atrás dele, observando tudo sobre seu ombro. O menino se sentiu ótimo. Girava e girava o carretel, e olhou com atenção enquanto o peixe finalmente emergiu da água e se balançou, se sacudindo e se agitando no ar, na ponta da linha.

Era pequenininho.

— Briguento esse aí, não? — disse o urso. Mas não havia chacota alguma em sua voz. Ele tirou o peixe do anzol. Só foi necessário um pequeno *toin* para matá-lo, mas o menino ainda assim estremeceu um pouco.

— Muito bem — disse o urso. — Esse vai dar conta.

— Não seja ridículo — disse o menino, irritado. — Ele é pequeno demais. Não dá uma refeição para nenhum de nós.

— Isso é verdade — disse o urso, pensativo, estregando o focinho com uma pata. — Mas nós não vamos comer este peixe.

Algo no tom de voz do urso estava deixando o menino nervoso. E também havia algo em seu olhar: ele olhava um pouco fixamente demais, mas para nada em especial, como que ligeiramente em transe. E sua postura estava tensa demais, como se seus músculos estivessem todos contraídos ou como se ele estivesse cheio de eletricidade, ou melhor, como se houvesse nele algo esperando para fugir.

— Tenho — disse o urso — uma ideia genial.

Ah, não, pensou o menino.

— Ah, sim? — disse o menino.

— Este peixe — disse o urso, erguendo-o delicadamente pela cauda — é pequeno demais para comermos, mas se o usarmos como isca...

— Então poderíamos pegar um maior! — disse o menino. Ele pareceu entusiasmado. Depois, pareceu chocado. Então, ficou muito parado, com os olhos arregalados e a boca aberta, e nenhum dos dois se mexeu nem falou nada durante um bom tempo.

— O que foi? — perguntou o urso, acenando uma pata na frente dos olhos estarrecidos do menino.

— Isso — respondeu o menino, com uma voz confusa e estupefata — é mesmo uma ideia brilhante.

O menino virou a cabeça para encarar o urso, falando diretamente com ele.

— Como foi que isso aconteceu?

O urso fingiu que estava ofendido com a pergunta, mas só por um momento. Estava ansioso demais para colocar seu plano em prática e não podia desperdiçar tempo com encenações.

Foi preciso pensar um pouco (e em seguida agir um pouco) até que eles pudessem voltar a pescar. O menino observou que, para pegar um peixe maior, eles iriam precisar de um anzol maior. Por isso, o urso pegou um pequeno prego (que ele tirou com os dentes de um caixote de madeira cheio sabe-se lá do quê e que ele guardava na proa) e o moldou na forma necessária. Depois, o urso amarrou o novo anzol na linha, no lugar da mosca peluda. Então, ele o enfiou no peixinho e entregou a vara de volta ao menino.

— Não posso ficar aqui o dia todo — disse ele. — Tenho que remar. Você pode pescar de novo. Está claro que você nasceu para isso.

O menino segurou o quanto pôde um sorriso orgulhoso, e os dois voltaram às suas posições. O urso remava. O menino lançava a linha na água e soltava um pouco.

O pato afundou quase imediatamente.

O peixe deve ter ficado tão surpreso quanto o garoto. Ele mal lutou, e foi muito mais fácil pegá-lo do que o anterior, apesar de agora aquele ser maior. Muito, muito maior. O menino o puxou para dentro do barco. O urso tirou o peixe da mão do menino (o que foi um alívio) e o ergueu. Ambos o observaram com admiração e fome.

— É enorme! — disse o menino.

— Sim — concordou o urso —, é uma beleza.

— Pego o fogareiro e a panela? — perguntou o menino, dirigindo-se para a proa do barco.

— Bem — disse o urso. *TOIN!* — Poderíamos cozinhar este aqui. Ou...

O menino parou onde estava e sentiu o balanço desestabilizante do barco abaixo dos seus pés enquanto olhava para trás, para o urso.

— Ou o quê? — perguntou ele. — Você estava pensando em empalhá-lo e pendurá-lo sobre a lareira?

— Eu não tenho uma lareira — disse o urso, não entendendo o sarcasmo do menino. — Mas o que eu estava pensando era: se usando um peixinho como isca conseguimos pegar um peixe grande...

O menino entendeu logo aonde o urso queria chegar (uma agradável mudança, para variar, considerando-se os acontecimentos recentes) e não gostou.

— Oh, não — disse o menino.

— ... então, se usarmos um peixe grande como isca... — disse o urso, continuando, sem prestar atenção no menino.

— Não, não, não — insistiu o outro.

— ... poderíamos pegar um peixe bem, bem grande, que nos abasteceria por dias a fio — disse o urso.

— Mas acho que a linha não aguentaria o peso de algo muito maior — disse o menino. — Nem a vara. Nem os meus braços, aliás.

— Hum — disse o urso. Ele depôs o peixe grande e pegou a vara. Olhou para a linha. Olhou para a vara, vergando-a, pensativo. Olhou rapidamente para os braços do menino.

— Você tem razão — disse o urso, por fim.

O menino se iluminou.

— Não podemos usar a vara — disse o urso —, então vamos precisar de uma tática diferente. Pegue a caixa de ferramentas para mim, por favor? A azul, perto do seu pé.

A caixa de ferramentas não era tão fácil assim de se pegar. Estava claro que ela não vinha sendo muito usada recentemente, já que estava coberta e cercada por todo tipo de quinquilharias. O menino abriu caminho até a caixa, ergueu-a e a colocou no banco do meio. O urso a abriu. O menino espiou lá dentro.

Era uma caixa grande, com vários compartimentos de diversos tamanhos que se deslocavam para fora quando a tampa era retirada. Todos eles estavam abertos, exceto o maior, no fundo do qual havia uma grande marreta de madeira.

— Só isso? — perguntou o menino.

— Todas as ferramentas de que eu precisava — disse o urso, erguendo, satisfeito, a marreta da caixa com uma pata e dando golpes pesados na outra mão, e mirando ao longe, para o passado. — Isso aqui fazia maravilhas com o motor.

— O *Harriet* tinha um motor?

— Sim — disse o urso. — Por pouco tempo. — Ele olhou pensativamente para baixo, para a marreta. — Não se fazem mais motores como antigamente, sabe? Não mesmo.

Um momento se passou.

— Mas o que isso tem a ver com pescaria? — perguntou o menino, apontando para a marreta.

— Bem — disse o urso —, como você disse, a vara e a linha não aguentariam o peso do tipo de peixe que buscamos agora, então...

O urso ficou em pé na parte traseira do barco e ergueu o peixe sobre a água na pata esquerda. Na pata direita, segurou firme a marreta, atrás da própria cabeça, ereto e pronto para golpear.

— Está vendo? — disse o urso. — O peixe que é grande de verdade pula do mar para comer os peixes mais ou menos grandes e então... PÁ!

— Pá? — perguntou o menino.

— Isso mesmo. PÁ! Então, vamos ter comida para, no mínimo, uma semana, acho eu. Genial, não é?

O menino não achava aquilo brilhante. Disse isso para o urso de forma bastante clara e educada, e então de forma não tão educada, e então de forma bastante rude. Sugeriu com insistência que eles cozinhassem e comessem o peixe. O urso não queria saber disso.

— Esta é uma decisão para o capitão — disse o urso, tocando o quepe (não tão de leve quanto tivera a intenção) com a marreta, para mais ênfase. — Planejamento de longo prazo, isso sim — grunhiu. — Ser capitão é isso. Mas não esperaria que você entendesse.

O menino revirou os olhos, impaciente, mas decidiu não discutir mais. Por ele, o urso podia ficar ali, em pé, segurando o peixe o dia todo. E, assim que o urso desistisse, pelo menos eles poderiam cozinhar e comer o peixe que já tinham em mãos. E fazer piada com o urso sobre isso depois garantiria diversão para vários dias.

Ele esperava somente que o urso não teimasse demais. Certamente, ele desistiria depois de uma ou duas horas.

O menino se acomodou confortavelmente na proa do barco. Recomeçou a ler a revistinha em quadrinhos, mas sem prestar muita atenção. Ele já a conhecia tão bem agora que não sobrava surpresa alguma. Levantou o olhar na direção do urso, ali parado, em pé, com a língua para fora da boca em concentração, o peixe agarrado em uma pata, a marreta na outra. Nada de inesperado nisso, tampouco. Então, o menino olhou para o peixe, e o seu estômago roncou.

— Psiu! — disse o urso, sem olhar em volta. — Você vai afugentar os peixes.

Antes que pudesse responder, o menino foi interrompido por um ronco muito grave, mais alto, que fez todo o barco tremer.

— Eu vou afugentar os peixes? — indagou o menino. — A sua barriga está muito pior que a minha.

O urso pareceu confuso.

— Isso não foi a minha barriga — disse.

O ronco roncou de novo. Era um rosnado terrível, grave, muito alto, e o barco estava jogando e balançando.

O urso, lutando para manter o equilíbrio, ainda assim segurava firme a isca sobre as águas agora tumultuadas.

— Que estranho — disse.

O rosnado ficou ainda mais alto, com o volume cada vez maior. O menino olhou em volta, tentando descobrir de que direção vinha o som. Não havia nada para ser visto. Não fazia sentido. Ainda mais alto. Ele podia sentir as vibrações do rosnado, através das tábuas do casco do barco, subindo pelos seus pés e pernas até chacoalhar o seu estômago. Ensurdecedor agora, o mar em volta deles estava cheio de espuma e de raiva. E, então, o menino se deu conta.

— Está vindo de baixo de nós! — gritou para o urso.

— O quê? — perguntou o urso, virando-se para olhar o menino, mas ainda mantendo seu braço estendido com a isca.

Uma gigantesca coluna de água se ergueu do mar bem atrás do barco, o tremendo barulho se combinando com um grunhido sobrenatural, um estrondo, quase um uivo, à medida que algo muito grande e muito estranho saía do mar e, de um só golpe, arrancava o peixe da mão do urso.

O barco foi arremessado no ar, deu uma cambalhota e aterrissou novamente na água, com um estrondo, derrubando o menino e o urso. Eles olharam para cima, na direção da coisa assustadora que se erguia sobre eles, para os muitos olhos, tentáculos, a pele cheia de cracas, a boca escancarada cheia de dentes muito grandes e afiados.

O menino gritou e se virou para o outro lado. E, então, ele se viu olhando para o Ultimíssimo Sanduíche, caído próximo à sua cabeça, e gritou novamente, ainda mais alto.

O urso se pôs lentamente em pé, olhando para cima, para a criatura, totalmente assombrado.

— Oh... — disse o urso — você é mesmo um sujeito grande.

A coisa estranha arqueou seu corpo ondulante para aproximar sua cabeça do urso, todos os seus muitos olhos encarando com uma curiosidade alienígena. A coisa olhou para o urso. O urso olhou para a coisa.

— Oh, bem — disse o urso. — Preparamos um plano. Melhor nos atermos a ele, acho eu. — E, assim, a marreta em mãos, o urso pulou do barco.

A coisa das profundezas

O urso deu um salto bem na direção da face da coisa assustadora, mas a criatura ergueu um ágil tentáculo c golpcou o urso na barriga, jogando-o no ar. Ele virou o corpo enquanto voava para cima, deu uma cambalhota graciosa e aterrissou direitinho na cabeça dela. Então, começou a bater com a marreta.

— Não bata nela! — gritou o menino. — Pergunte se ela sabe o caminho.

O urso não deu ouvidos e continuou batendo, com toda a sua força, a marreta na cabeça do monstro. Parecia determinado e furioso.

— Nós...

PÁ!

— ... não...

PÁ!

— ... estamos...

PÁ!

— ... perdidos!

CRUNCH!

Splash!

— Oh — disse o urso. O cabo da marreta se quebrou no último golpe, e a cabeça da ferramenta caiu na água. Tanto quanto o urso era capaz de dizer, o monstro enorme, assustador e perigoso não pareceu ter se tornado menos

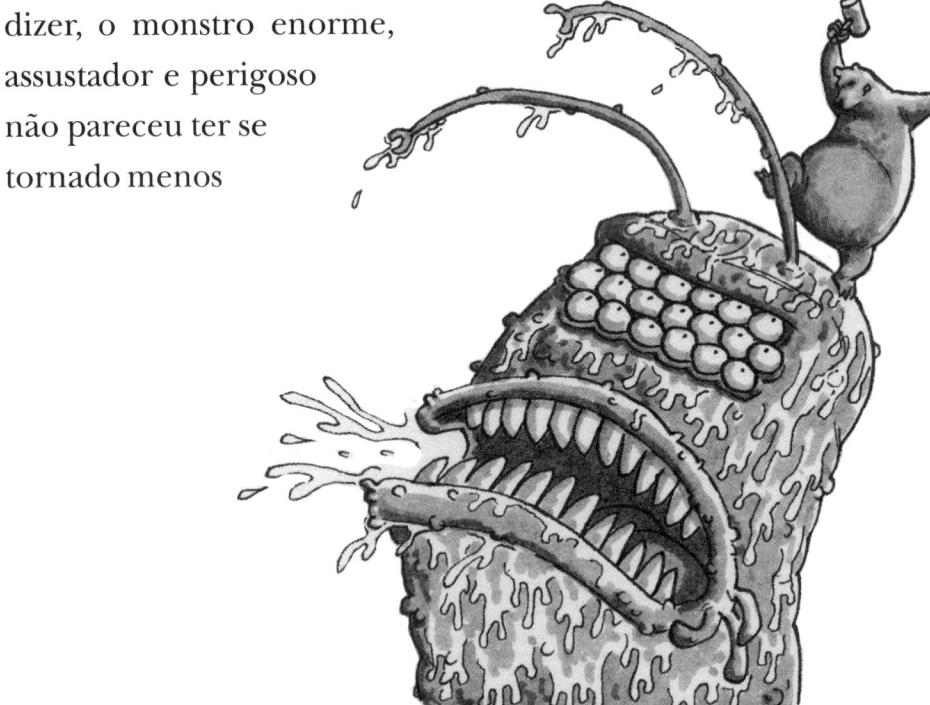

enorme, assustador ou perigoso após ter sido golpeado repetidas vezes na cabeça.

— Ah — exclamou o urso.

— Acho que você deixou a coisa brava — gritou o menino. — Isso provavelmente não foi uma boa ideia.

— Não — disse o urso. — Provavelmente não.

A coisa ergueu um tentáculo viscoso e tentou agarrar o urso, mas ele se contorceu e se abaixou. Agora uma gosma pegajosa brotava da pele da criatura e o fez perder o equilíbrio e escorregar do topo da cabeça dela. Agitando os braços enquanto caía, ele conseguiu se segurar em uma das antenas da fera. Assim, ele não caiu completamente, mas ficou pendurado bem na frente da enorme cara do monstro.

— Procure se manter longe da boca — gritou o menino, prestativo.

— Acho que ela está faminta.

— Vou manter isso em mente — disse o urso.

Ele olhou bem no fundo dos muitos olhos do monstro.

Com a pata livre, fez um pequeno aceno.

O monstro não acenou de volta. Em vez disso, balançou a cabeça, agitando o urso, pendurado na ponta da antena, como um peixe no fim de uma linha de pesca. A criatura abriu bem a boca, mostrando seus incontáveis dentes e babando uma gosma grossa e viscosa. Suas mandíbulas se fecharam repetidas vezes, tentando abocanhar o urso enquanto ele gingava e voava e saltava pelo ar, segurando-se o melhor que podia, contorcendo e dobrando o corpo e tentando evitar uma morte cheia de dentes.

— Cruzes, amigão! — disse o urso. — Que hálito podre!

E, então, de repente, o monstro parou de golpear o ar e, por um momento, ficou totalmente imóvel enquanto observava o urso ir parando na frente dos seus muitos, muitos olhos. O urso encarou de volta, sem piscar, com um sorriso fraco, bastante amistoso.

— Já chega para você? — perguntou ele. — Vai desistir?

Algo lhe deu um tapinha nos ombros. O urso se virou e viu um tentáculo gigantesco e viscoso parado no ar, gingando um pouco de um lado para o outro, como uma naja esperando para dar o bote.

— Oh, céus — exclamou o urso.

O tentáculo avançou violentamente em sua direção, mas, em vez de atingir o urso, enrolou-se em volta dele, apertando com força em um abraço espiralado do pescoço aos dedos dos pés.

— Oh! — exclamou o urso.

O monstro lhe deu um apertão.

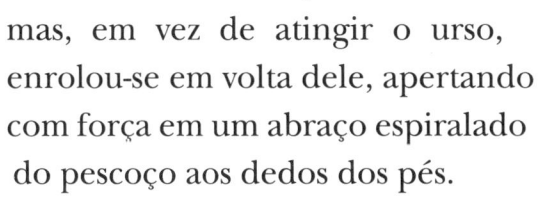

— Ai! — disse o urso.

Então, a criatura levantou o urso bem alto no ar, inclinou a cabeça e, depois de emitir um barulho que mais parecia um vulcão rindo, deixou-o cair dentro da sua boca.

Em seguida, cuspiu-o imediatamente.

Ele voou pelos ares, com cusparadas fedorentas flutuando atrás dele, e caiu fazendo um *splash* um pouco mais ao longe.

A criatura não percebeu. Havia voltado sua atenção ao barco onde o menino, agora nervoso, segurava o remo com o qual tinha acabado de golpear o monstro no estômago, com força.

Tinha parecido uma boa ideia naquele momento.

— Nem pense nisso! — disse o menino, sem convencer muito, abanando o remo meio frouxo na sua frente ao mesmo tempo em que recuava, lento e desequilibrado, pelo casco do *Harriet*. O próprio barco também estava se afastando da criatura, pois ter cutucado a fera com o remo o colocara em movimento.

A criatura se endireitou e se levantou sobre o barco, bloqueando o sol e mergulhando o menino no escuro. Ainda recuando, ele olhou para cima, na direção da cara feia da coisa. Era difícil entender o que significava sua expressão (o menino estava acostumado com rostos que tinham muito menos olhos), mas pareceu mais correto concluir que não era uma expressão de felicidade. O monstro ergueu dois tentáculos ondulantes bem acima da água e então os abaixou com muita força dos dois lados do *Harriet*.

O barco subiu, propulsionado por uma coluna de água, fazendo o menino cair de costas e o remo fugir das mãos dele. De alguma forma, o menino estava conseguindo se pôr de pé quando outros dois tentáculos golpearam a água e outra onda poderosa fez o barco subir pelos ares. Ele, os remos e tudo o mais no barco saíram voando. Quando ele aterrissou no fundo do barco, com remos e panelas e fogareiro, e sabe-se lá o que mais por cima e por baixo dele, tudo estava afundado em várias polegadas de água. A esponja que o urso

135

havia trazido do fundo do mar aterrissou bem na cabeça do menino e acabou rolando para algum lugar desconhecido. Por um momento, nada aconteceu. O menino ficou ali, caído, apoiado nos cotovelos, diante do caos de quinquilharias espalhadas e surradas. Ele tentou se levantar, mas bateu a cabeça em alguma coisa. Um dos remos havia tombado no banco do meio, com a pá caída na parte do barco atrás do menino, o cabo no ar, em um ângulo apontando para o monstro. Ele precisou se esforçar para agarrar o remo enquanto se levantava, cambaleante, com cuidado, meio que esperando que o monstro jogasse o barco para os ares mais um pouco. Mas a coisa já havia cansado de brincadeiras.

A criatura dobrou o corpo, a boca muito aberta, e soltou um rugido arrepiante que o menino, além de ouvir, pôde sentir como um pé de vento fétido. Instintivamente, ele pulou para trás. Um de seus pés aterrissou na esponja, agora cheia de água e escorregadia. E deslizou fazendo o menino cair, com todo o peso se apoiando sobre o cabo do remo, lançando-o para baixo. A outra ponta do remo pulou no ar, golpeando, no caminho, o Ultimíssimo Sanduíche e arremessando-o por cima do menino, que tinha se estatelado. O menino observou enquanto o sanduíche voava, como se estivesse em câmera lenta, fazendo uma curva no ar, e aterrissava perfeitamente dentro da boca aberta do monstro marinho. O monstro o engoliu involuntariamente e ficou paralisado.

O menino se pôs de pé, observando. O monstro estava imóvel e quieto. O barco balançava suavemente, voltando ao equilíbrio. O menino podia ouvir o barulho baixinho de água espirrando, do urso nadando na direção do barco, mas não olhou em volta. Então, houve um ruído, um ruído baixo, vindo de algum lugar de dentro da criatura. Ela piscou um dos olhos, desconfortável, mas, fora isso, continuou parada. Então, outro ruído, um pouco mais alto e rouco, como uma pequena explosão. O olho fechado se abriu e dois outros se fecharam. Um ronco baixinho, e os olhos da fera ficaram protuberantes, e sua cara pareceu inchar. Ela abriu a boca e soltou um arroto, parecendo bastante aliviada. Mal teve tempo de voltar sua atenção novamente para o menino antes de outro ronco fazer seu corpo estremecer. Então, outro, mais alto e mais longo, e os olhos do monstro começaram a se abrir e fechar loucamente, como luzes piscantes. O monstro grunhiu e fechou bem apertados todos os olhos, como se estivesse tentando se concentrar. Em algum lugar bem fundo no mar, algo fez um *bum*, e as águas em volta do barco espumaram bolhas gigantes, e o ar se encheu de um terrível, porém familiar, fedor...

— Oh — disse o menino. — Que nojo!

Então, depois de uma curta pausa, os ruídos recomeçaram. Um ronco contínuo e trovejante aumentou gradualmente de volume, acompanhado por uma série de explosões cada vez mais violentas. Ao som dessa música sombria, a criatura começou a dançar. Gingava e se sacudia e rebolava no estranho ritmo de suas próprias entranhas, os seus movimentos se tornando maiores e mais selvagens à medida que os barulhos se tornavam mais altos, os seus tentáculos se debatendo loucamente, golpeando a água freneticamente, agitando o mar e empurrando o barquinho a uma boa velocidade. O menino ficou olhando, fascinado e abismado. Mal notou que o urso havia subido no barco e se juntado a ele, observando o bizarro espetáculo que se passava à sua frente. O monstro uivava, um som sobrenatural, agudo e cortante, além dos gases e dos golpes e das batidas na água. O corpo da coisa se contorcia, seus tentáculos se sacudiam. O barco balançava e dava pinotes e pulava, mas seus assustados ocupantes mantinham os olhos fixos na criatura.

Então, o monstro parou. A agitação e as batidas e o uivo, tudo cessou em um segundo, e o monstro ficou parado. A enorme rede dos seus tentáculos fazia com que parecesse um diagrama de um tipo de nó muito complicado. Era estranhamente belo. Não havia som algum, exceto, talvez, um estranho suspiro.

De repente, a criatura explodiu, jogando pelos ares pedaços esfarrapados de carne fedida e grudenta, e desenhando grandes círculos na superfície do mar. Os restos do corpo da criatura dobraram-se sobre si mesmos, seus tentáculos murcharam, e tudo imergiu lentamente na água.

— Você acha que foi algo que ele comeu? — quis saber o urso.

À deriva

O menino e o urso trataram de arrumar o que havia no *Harriet* e, debruçando-se cada um em uma ponta do barco, tiraram a água de dentro dele e fizeram o possível para limpar os pedaços do monstro que tinha explodido. Eles se sentiam felizes e aliviados por estar vivos, e riam e faziam brincadeiras à vontade, como se sua recente provação tivesse criado entre eles uma profunda e forte amizade.

Isso durou cerca de cinco minutos.

— Você sabe, foi legal da sua parte, mas não havia necessidade de você interferir daquele jeito — disse o urso.

— Defender a embarcação de monstros marinhos é, na verdade, trabalho para o capitão, e eu tinha a situação completamente sob controle.

— Sob controle? — perguntou o menino.

— Sim. Claro — disse o urso.

— Sob controle de dentro da boca daquela coisa?

— Hum, sim — disse o urso.

— Então, qual, exatamente, era o seu plano de fuga? — perguntou o menino.

— Oh, eu não tinha um plano — disse o urso. — Eu nunca tenho um plano. Não faz sentido ter um plano quando se é capitão de um barco. Quando se está lidando com o mar, você precisa ser capaz de se adaptar de um momento para outro. Você precisa lidar com cada situação à medida que ela surge. Não faz sentido ficar remoendo a respeito; você apenas diz: "Aqui estamos. O que fazemos agora?" Meu pai me ensinou isso. Ele também era capitão de um barco, sabe?

O urso olhou para longe, para o horizonte. Ou talvez para algum lugar além dele.

— Provavelmente ainda é — disse o urso. — Esteja ele onde estiver.

O menino suspirou.

— Então, o que você teria feito, sem um plano, para se ver livre? — perguntou.

— Não sei. Eu estava prestes a ter uma ideia brilhante, mas fui interrompido — respondeu o urso.

— Oh — disse o menino, esgarçando a gola da sua camiseta para tirar de dentro dela um tantinho de gordura rosada. — Outra de suas ideias brilhantes? — Ele jogou o pedaço do monstro na água.

— Sim — disse o urso.

— Só que a última das suas ideias brilhantes começou com a gente tendo um peixe para comer e terminou com a gente sem um peixe para comer.

— Hum...

— Isso para não falar da parte de quase-termos-sido-mortos, no meio.

— Bem — disse o urso —, não há nada de errado em *quase* ser morto. Termos *mesmo* sido mortos: isso, sim, teria sido chato. Mas *quase* termos sido mortos não tem problema. Eu faço isso o tempo todo e nunca me fez mal algum.

— Devo me sentir melhor por isso?

— Sim — disse o urso.

O estômago do menino interrompeu a conversa com um rosnado alto.

— Bem, não me sinto. Um belo e grande peixe para comer poderia ter feito eu me sentir melhor, mas não temos mais um peixe belo e grande, graças a você.

— Nós podemos pescar outro peixe — disse o urso.

— Não, não podemos — disse o menino. — A vara de pescar se foi. Deve ter caído no mar quando o gigantesco monstro marinho estava brincando de bater palminhas com o barco.

— Oh — disse o urso. Ele pareceu um pouco preocupado. — Mas nós ainda temos o fogareiro, não temos?

— Sim — disse o menino. — Mas de que adianta se não temos nada para cozinhar nele?

— Bem, já são quase quatro horas — disse o urso.

— Não acredito — disse o menino — que você está preocupado com o chá.

O menino se deu conta de que estava falando bastante alto. Não exatamente gritando, mas bem perto disso.

E ele havia se empoleirado no banco do meio, de forma que seu rosto estava quase no mesmo nível do rosto do urso. E estava cutucando a pelagem do urso com um dedo, para dar mais ênfase.

Na verdade, pensou ele, *essa provavelmente não é uma boa ideia. Eu deveria parar de cutucar o urso.*

— Não me cutuque — disse o urso.

— Eu cutuco, se quiser — disse o menino.

Ele cutucou o urso de novo, com força, na altura das costelas.

Eu realmente gostaria de não estar fazendo isso, pensou.

— Não vou avisar de novo — disse o urso.

— Você não pode me dizer o que fazer — o menino se ouviu dizendo. Ele observou seu dedo cutucando o urso e se perguntou por que não parava.

— Eu sou o capitão — disse o urso. — Eu ordeno que você pare.

— Rá! — disse o menino. — Que belo capitão você é! Dias no mar sem qualquer sinal de terra firme. Nenhuma comida. Nenhuma ideia de onde estamos...

— Nós não estamos perdidos! — gritou o urso.

— ... e esse seu quepe estúpido nem cabe direito na sua cabeça — disse o menino.

Seu dedo, como algo que não era mais parte dele, parou de cutucar o urso e se ergueu como se fosse derrubar o quepe do capitão. Mas não conseguiu. A pata do urso agarrou o pulso do menino e o segurou de forma desconfortavelmente firme.

— Jamais — grunhiu o urso — toque no quepe do capitão.

O urso olhou furioso dentro dos olhos do menino. O menino devolveu o olhar. Ele não queria, mas, de alguma forma, não conseguia se segurar. *Eu deveria pedir desculpas*, pensou o menino. *Se eu digo a coisa errada agora, ele pode quebrar a minha mão. Eu deveria pedir desculpas. Vou pedir desculpas.*

— Você é o pior capitão de todos os tempos! — declarou o menino.

Oh. Isso não deveria ter acontecido, pensou o menino. *Isso não deveria ter acontecido mesmo.*

O menino achou que estava com o olhar parado na distância. Ele engoliu em seco e voltou a olhar para o urso, esperando encontrar um olhar aterrorizante. Mas, em vez disso, viu que o urso estava olhando para o ar entre eles. Algo pequeno, azul e felpudo estava ali, caindo lentamente. O menino ergueu a cabeça e focou na coisa que caía, com os olhos pinicando enquanto seguiam o movimento.

Era uma pena. Balançava e se virava e girava e dançava à medida que caía, e o menino, hipnotizado, lentamente abaixou a cabeça enquanto acompanhava a descida.

A pena parou na ponta do nariz do urso. O menino e o urso ficaram olhando para a pena, o urso quase vesgo. Eles olharam e nada disseram. Não viam um pássaro havia dias. Olharam para a pena, então olharam um para o outro, então olharam para a pena de novo. Era uma coisa bonita, de cor azul forte, lustrosa e perfeita, com uma leve curva. Estava pousada no nariz do urso, aproveitando a luz da tarde.

Então, o urso espirrou, tirando os dois do transe e lançando a pena para o alto mais uma vez. Eles a

seguiram com os olhos e, depois, olharam para além dela, vasculhando o céu.

— Uma pena! — disse o menino.

— De pássaro! — disse o urso.

— Você está vendo o pássaro!? — perguntou o menino.

— Não — disse o urso.

— Se o enxergarmos... — disse o menino.

— ... nós poderíamos segui-lo para seja lá de onde ele veio — disse o urso. — Pode ser que lá tenha comida.

— Oh. Eu só estava pensando que poderíamos pegar o pássaro e comê-lo.

— Esse é o plano B. Está entendendo?

— Não.

Eles ficaram ali em pé, se virando e torcendo os pescoços, vasculhando o céu.

— Ali! — disse o urso finalmente, apontando para uma parte do céu. O menino examinou com cuidado.

— Onde? Não estou vendo... Oh! Sim! Sim, sim, sim!

Havia uma manchinha escura no céu azul sem nuvens.

— Bem, não fique aí parado — disse o menino. — Comece a remar! — Mas, quando ele olhou para baixo novamente, viu que o urso já estava de volta ao seu banco, puxando os remos com força, acelerando a velocidade com que cruzavam o mar.

Kark!

O urso remou, e o menino ficou no seu banco, de olho no pássaro. De vez em quando, ele corrigia o rumo com uma palavra urgente para o urso ou fazendo um gesto com a mão: "Um pouco mais para a esquerda. *Não*, a minha esquerda! É isso aí." Mesmo com todo o seu esforço, o urso não conseguia remar o *Harriet* tão rápido quanto um pássaro consegue voar, mas, por sorte, aquele pássaro em especial parecia feliz em voar sem pressa. Às vezes, ele voava em círculos por algum tempo, e então eles o alcançavam, o pontinho escuro crescendo cada vez mais e, de vez em quando, pegando um raio de sol, fazendo brilhar um azul furta-cor e surpreendente. Em um certo ponto, o pássaro mergulhou na água, e o menino o perdeu de vista por longos e assustadores segundos antes de ele se erguer novamente nos ares. Eles estavam próximos o suficiente para que o menino pudesse ver que o pássaro levava um peixe no bico.

— Muito bem — disse o urso. — O peso extra deve fazê-lo ir um pouco mais devagar. — Ele olhou por cima do ombro para verificar como estavam indo sem quebrar o ritmo da remada. — Muito bem — disse de novo.

E estava certo. O voo do pássaro desacelerou e, cada vez mais, ele fazia uma pausa e passava algum tempo

circulando no ar antes de partir novamente, em um rumo um pouco diferente. Eles se aproximavam cada vez mais, o menino vendo melhor o pássaro, mas ainda não havia sinal de qualquer coisa no horizonte que indicasse que ele estava voando em direção à terra firme.

— Parece que ele está olhando ao redor — disse o menino —, tentando descobrir para que direção ir. Talvez ele também esteja perdido.

— Nós não estamos perdidos! — disse o urso. — E não acho que esse pássaro esteja. Agora me diga: estou indo na direção dele?

O menino ficou calado, mas indicou com um braço estendido um pequeno ajuste a ser feito no curso, a estibordo. O urso remou mais vigorosamente com o remo da direita do que com o da esquerda, e o *Harriet* mudou de direção perfeitamente. O menino acenou para o urso, aprovando, e, por um segundo, o aceno o fez desgrudar os olhos do pássaro. Ele voltou a olhar para cima e instantaneamente o encontrou, mas, que coisa estranha, apesar de estarem mais próximos agora, era mais difícil de enxergar. O azul brilhante estava menos brilhante. Mas era cedo demais para que a luz estivesse desaparecendo. O menino espremeu os olhos na direção do pássaro e os esfregou.

— O que está acontecendo de errado? — perguntou o urso.

— Não sei — disse o menino.

O pássaro era um vago borrão azul agora.

— Acho que tem algo errado com os meus olhos — disse o menino. Sua voz soou assustada.

O urso olhou em volta, avistou o pássaro e continuou remando.

— Seus olhos estão bem — disse ele.

— Então, por que...? — a voz do menino desapareceu.

— Nevoeiro — disse o urso.

O nevoeiro desceu rápido e se tornou mais denso.

Depois de tantos dias de céu limpo, sem nada para olhar, lá estava uma névoa para esconder o primeiro raio de esperança dos dois. O ar esfriou em volta deles em um instante, e o borrão azul do pássaro se dissolveu diante dos olhos do menino. O urso continuou remando.

— Para que lado? — perguntou.

— Não tenho certeza — disse o menino, tentando ao máximo ver o pássaro, passando os olhos em redor para um lado e para o outro. Ele vislumbrou uma cor e ergueu um braço na direção dela.

— Ali! — disse ele.

O urso ajustou a remada, desviou o barco na direção em que fora instruído e seguiu em frente. Mas o nevoeiro ficou ainda mais denso, e o menino perdeu o pássaro de vista novamente.

— Não consigo vê-lo!

— Continue procurando!

— *Estou* procurando. Você, continue remando!

— Estou remando. Por acaso, parece que não estou remando?

— Não sei, não estou olhando para você.

— Bem, por acaso, pelo som, parece que não estou remando?

— Está bem, está bem. Cale a boca e deixe eu me concentrar!

O menino se virou e girou o corpo, mas de nada adiantou. Ele mal conseguia ver o urso agora.

— Não estou conseguindo ver. Pare de remar!

— Parar de remar? Primeiro você diz: "Continue remando." Agora você diz: "Pare de remar." Decida-se!

— Pare de remar! — disse o menino.

— Bem, se você vai simplesmente desistir...

— E cale a boca! — disse o menino.

O urso parou de remar e se calou. O menino tinha razão. Não havia sentido em seguir, se não estavam vendo nada. Eles poderiam estar se afastando do pássaro. O nevoeiro já cobria tudo. O urso olhou para a forma difusa do menino, ainda em pé e alerta sobre o banco. Mesmo agora, o urso podia ver que ele estava se concentrando muito. Mas por quê? De jeito nenhum o menino conseguiria ver alguma coisa.

— *Kark!* — grasnou o pássaro.

Foi um barulho fraco, mas não tão fraco que eles não pudessem dizer, mais ou menos, de que direção viera. O urso deu partida novamente. Eles continuaram, sem nenhum dos dois emitir uma só palavra.

— *KARK!*

— Está próximo — disse o menino — e bem na nossa frente!

— Que seja: então, vamos seguir adiante — disse o urso.

O menino não conseguia ver nada agora, mas ele podia sentir que estavam indo rápido. O barco avançava a uma velocidade incrível.

— Agora estamos indo para algum lugar! — disse o urso.

E o menino estava prestes a responder, quando...

BUMP!

— Oh! — disse o menino.

— Oh! — disse o urso.

— Oh! — disse o menino.

E, então, ninguém disse nada por um bom tempo.

Sereia

O menino acordou.

Por um momento, ele não conseguiu se recordar de onde estava. Então, lembrou-se de que estava no barco, mas não se lembrava de ter ido dormir. Mas ele estava deitado no seu local de sempre, entre o banco de trás e o do meio, e tinha acabado de acordar, então decerto pegara no sono em algum momento. Mas ele não conseguia se lembrar. E havia algo mais que estava errado.

— Oh! — disse ele de novo. E isso o fez lembrar.

— Como está a sua cabeça? — perguntou o urso, em pé acima do menino com uma xícara de chá na mão enquanto o menino delicadamente se levantava do convés.

— Parece que está cheia de abelhas — respondeu o menino.

— Você deveria ter mais cuidado — disse o urso. — Você veio voando direto para a minha barriga e então bateu a cabeça no convés depois de, hum, quicar. Você poderia ter se machucado feio pulando por aí daquele jeito.

— Eu não estava pulando! Eu caí — disse o menino. — Você deveria ter mais cuidado e olhar para onde está indo.

— Eu não podia olhar para onde eu estava indo, podia? Nós não conseguíamos ver nada! — disse o urso. — Por causa do nevoeiro, está lembrado?

— Bem, isso não é desculpa para bater em...

O menino olhou para o urso.

— Nós batemos em alguma coisa! — disse o menino.

— Sim — disse o urso.

— No que foi que batemos? — perguntou o menino.

— Veja você mesmo — disse o urso, acenando uma pata sobre o próprio ombro.

O menino olhou para trás do urso, através do nevoeiro, que estava ficando mais fraco, na direção de uma forma escura e grande.

— É um navio! — disse o menino.

— Sim, é — confirmou o urso, bebericando da xícara.

— Bem, nós vamos subir a bordo, então? — perguntou o menino. — Por que estamos esperando?

O urso ergueu sua xícara.

— Estou só terminando o meu chá — disse. E tomou mais um gole. — E eu gritei "Olá!", e ninguém respondeu. A tripulação ou é muito rude ou...

— Ou o quê? — perguntou o menino. — Surda?

— Não — disse o urso.

— Ou então muito, muito tímida? — perguntou o menino.

— Não — disse o urso. — Não acho que *haja* alguém a bordo.

— Bem, então — disse o menino, deixando o urso para trás, abrindo caminho por entre o fogareiro e o bule que estavam no chão, debruçando-se sobre a lateral do barco e estendendo uma das mãos na direção do navio. — Olhc, tcm uma corda aqui pela qual podemos subir.

— Pelo menos ninguém *vivo* — disse o urso. — Acho que pode ser...

— O quê? — perguntou o menino.

— ... um navio fantasma — disse o urso.

— Isso é ridículo — disse o menino, mas a frase soou estranha, porque ele tremia quando a disse. Então, olhou para o navio. De fato, parecia um pouco assustador. E era muito velho, velho o suficiente para estar em um museu, e não no mar. Suas velas estavam esfarrapadas, e o cordame mais parecia uma teia de aranha. Letras desbotadas e se descascando formavam o nome, *Sereia*, na proa, ao lado de uma cabeça de sereia esculpida em madeira, com o rosto gasto, a ponto de parecer indistinto devido a tantos anos de mar e tempestades. Mais do que a aparência do navio, porém, havia algo que o menino pressentia, algo lá dentro do seu estômago vazio, algo errado.

A mão do menino acenou no ar, bem pertinho da corda pendente. O subir e descer suave das ondas que balançavam o *Harriet* fazia o braço do menino, às vezes, se aproximar e, às vezes, se distanciar do navio. Uma brisa suave movimentava a corda, com a ponta solta girando em um círculo lento. Mão e corda iam para a frente e para trás e giravam, dançando juntas uma dança estranha sem jamais chegar a se tocar de fato. O menino as observou, hipnotizado, esquecendo completamente que a mão era a sua própria e que ele podia puxá-la a qualquer momento e colocá-la a salvo, no bolso. Ele estava fascinado e paralisado, perguntando-se o que iria acontecer se a mão encostasse na corda. Se algo vivo tocasse algo fantasmagórico, talvez morresse. Seria assim?

— *Kark!* — grasnou o pássaro.

O menino e o urso olharam para cima e viram uma forma de um azul vivo empoleirada no cordame do mastro principal, parecendo vivinho da silva.

A corda se esfregou no dorso da mão do menino. Nada de ruim aconteceu. O menino agarrou a corda, puxou-a em sua direção, segurou também com a outra mão e pisou na lateral do *Harriet*.

— Imagino que você tenha achado que me assustaria — disse para o urso —, mas vou subir a bordo. — Com isso, ergueu o pé e venceu a pequena distância até o navio. Seu pé bateu na lateral do navio com um estrondo nem um pouco fantasmagórico, e, por isso, bastante confiante, ele começou a subir na corda.

Só que ele não conseguiu.

O menino tinha visto montes de filmes em que os heróis subiam por cordas, e isso sempre pareceu muito fácil, mas ele nunca havia, de fato, tentado. Na verdade, aquilo não tinha nada de fácil. Sobretudo quando a maresia havia deixado tanto a corda quanto a lateral do navio úmidas e escorregadias. Seu pé escorregou, e o menino mal conseguiu não cair completamente. Ele ficou ali, pendurado, por um tempo, sentindo-se tão assustado quanto bobo, os pés logo acima da água.

— Leve o tempo que precisar — disse o urso, lá pelas tantas. — Não tenha pressa.

— Oh, cale a boca e me dê a mão — disse o menino.

— Está bem — disse o urso. Ele engoliu o restinho do chá e depôs a xícara vazia. Então, pegou o menino e o ergueu sem grande esforço, trazendo-o de volta para o barco.

O menino agarrou a corda novamente.

— Você conseguiria subir por aqui, não conseguiria? Você vai conseguir se agarrar bem, se usar as suas garras.

— Talvez — disse o urso —, mas não gosto da ideia de subir a bordo sem ter sido convidado. É mal-educado subir a bordo da embarcação de outro capitão sem ter sido convidado.

— Mas se você acha que não há ninguém a bordo, então como é que poderia ser convidado? Na verdade, se não há ninguém a bordo, então talvez, na qualidade de capitão, você devesse subir a bordo só para se certificar de que o navio está bem. Como um favor.

O urso lançou um olhar para o navio e tornou a olhar para o menino. Ele parecia estar pensando. E, então, ele pareceu se conformar. E, então, ele pareceu determinado.

— Você está certo.

— Estou? — perguntou o menino.

— Sim. Temos que subir a bordo. Você pode subir nas minhas costas e eu carrego você até lá. Aqui, amarre a gente ao navio, preciso pegar umas coisinhas.

O urso entregou ao menino a ponta de um pedaço curto de uma corda esfarrapada e começou a enfiar algumas coisas na sua maleta. Ele estava determinado e agia com eficiência agora que a decisão tinha sido tomada. O menino levantou o olhar novamente enquanto amarrava a corda do urso à do navio. O nevoeiro havia se dissipado o suficiente para ele ter agora uma visão clara do navio, mas algumas áreas de intenso nevoeiro ainda restavam em torno das partes superiores dos mastros, como os dedos de um fantasma gigante. O menino fez um nó apressado unindo as duas cordas, rapidamente atou a ponta livre ao *Harriet* e tratou de engolir o medo.

— Venha — disse o urso. Ele estava em pé bem na frente do menino, com a mala em uma das mãos. Virou-se e se agachou um pouco. O menino subiu no banco e, de lá, pulou sobre as costas do urso, envolvendo o pescoço dele com os braços.

— Segure firme — disse o urso, e o menino obedeceu. O urso colocou a alça da maleta entre os dentes, pulou agilmente da lateral do barco, agarrou a corda e subiu por ela com tanta facilidade que parecia estar

caminhando numa calçada. O menino se agarrou no seu pescoço, balançando e oscilando enquanto o urso avançava corda acima. Então, de repente, eles pularam o parapeito do navio, o urso aterrissando elegantemente de pé, o menino perdendo o equilíbrio e se estatelando sobre o convés. Ele se levantou e respirou profundamente para se acalmar enquanto olhava em volta. Não havia sinal de vida nem de qualquer coisa perigosa ou assustadora. Nada. Nem ninguém. Tirando o pássaro azul, que os observava em silêncio de seu lugar no cordame, o navio parecia completamente deserto.

Também não havia som algum, exceto o bater das águas bem lá embaixo e o farejar baixinho do urso, que cheirava o ar com curiosidade.

— Você está sentindo cheiro de quê? — perguntou o menino.

— Apenas do mar — disse o urso, com os olhos duros e sérios. Então, dando um sorriso e lançando um olhar em direção ao menino: — E de partículas de monstro. Você precisa lavar as suas roupas, sabe? Venha, por aqui.

— Ele se dirigiu para a popa do navio. — A cabine do capitão deve ser lá atrás, eu acho. Vamos dar uma olhada para ver se ele está.

— Não parece — disse o menino, olhando em volta. Depois de tanto tempo no *Harriet*, a primeira coisa que ele percebia era a vastidão do navio. Ele tinha visto, no nível do mar, que o navio era grande, claro. De certa forma, seu tamanho havia sido ainda mais impressionante por aquela perspectiva. Agora, porém, o menino não via somente o tamanho, mas também o espaço. Era um pouco assustador, o que deixou os nervos dele em polvorosa, porém, ao mesmo tempo, parecia muito bom poder esticar as pernas de novo.

Eles desceram alguns degraus da parte da frente do convés para o convés principal e então subiram dois lanços de degraus para o convés mais alto na parte traseira do navio. Chegaram até uma porta. O urso bateu nela delicadamente com os nós dos dedos e, depois de um momento de silêncio, bateu de novo, mais forte. Não houve resposta.

— Vamos entrar, então — disse o menino.

— Não podemos simplesmente invadir — disse o urso. — A cabine de um capitão é... — Mas o menino já havia empurrado a porta e enfiado a cabeça para dentro.

— Alô? Olá? Ei, alguém aí? — disse.

Não havia ninguém ali. Então, ele entrou com o corpo inteiro, e o urso, resmungando baixinho, o seguiu. Era um cômodo impressionante, cheio de enfeites: intricados mapas antigos sobre uma mesa de aparência muito sólida; atrás da mesa, uma cadeira com detalhes esculpidos e um assento almofadado de uma fina seda; a pintura de uma batalha naval em uma bela moldura dourada sobre uma parede coberta por madeira; um reluzente lampião de latão pendurado no teto.

— Oh, que legal — disse o urso, olhando em volta, impressionado com os aposentos luxuosos de seu companheiro capitão.

— O capitão não está aqui — disse o menino, puxando o urso com força por um braço de volta para a porta. — Onde fica a cozinha?

— Oh, a cozinha deve ser abaixo do convés, em algum lugar — disse o urso, tropeçando ao voltar para a luz do lado de fora. — Siga-me.

Eles desceram para o convés principal, passaram por uma escotilha e depois por degraus íngremes de madeira até a meia-luz do interior do navio, onde o medo do menino, esquecido momentos antes, retornou.

A parte de cima do navio estivera desprovida de qualquer sinal de vida. Ali embaixo ainda não havia ninguém à vista, mas eram muitos os sinais de que algum dia houvera. O menino e o urso estavam no lugar onde dormia a tripulação, entulhado de muitos beliches de madeira, todos ainda forrados por cobertores desarrumados. Espalhados aqui e ali havia algumas roupas — um colete, uma jaqueta, um chapéu —, todos de um estilo de séculos atrás, mas parecendo, pelo estado, ter apenas alguns anos. No chão, havia cartas de um baralho, dispostas como no meio de um jogo, junto a moedas de um tipo que o menino jamais vira. Era como se tivesse havido vida transcorrendo ali apenas momentos antes e todos houvessem, de repente, desaparecido. O menino estremeceu. O urso farejou o ar.

— O que você está farejando agora? — perguntou o menino.

— Perigo! — disse o urso.

O menino pareceu assustado. O urso fungou novamente.

— Ou talvez geleia — disse o urso.

O menino olhou para ele, desconfiado.

— Talvez ambas as coisas — disse o urso. Ele se precipitou alegremente na direção de uma porta no fundo do dormitório, o menino seguindo-o.

Eles passaram por outro dormitório tão vazio de vida e cheio de mistério quanto o anterior, passaram por mais uma porta e por alguns degraus abaixo, na direção da escuridão.

— Para onde você está nos levando? — perguntou o menino.

Ouviu-se, então, o som de algo sendo riscado, e um fósforo se acendeu. O urso o segurou próximo do rosto, iluminando-o, enquanto respondia ao garoto.

— Estou seguindo meu faro — disse, cutucando o focinho. Eles depararam com mais outra porta, que, dessa vez, ele abriu. Em algum lugar no cômodo à frente deles, a luz tremeluzente do fósforo encontrou um metal brilhante e nele brilhou.

— Ai! — disse o urso, e a chama cada vez mais fraca do fósforo queimou até chegar à sua pata, caiu no chão e se extinguiu, mergulhando-os em uma escuridão aparentemente mais profunda do que antes.

O urso riscou outro fósforo e levou a fraca luz para dentro do cômodo. O menino seguiu-o, tropeçando, até metade do caminho, espiando, tentando distinguir as formas que, lentamente, quase entravam em foco e, então, voltavam a mergulhar na escuridão à medida que o urso se movimentava.

Houve um barulho alto, e o urso parou onde estava.

— Ai! — disse o urso de novo. Ele ergueu o fósforo aceso e, então, a sua outra pata, para equilibrar o lampião em que ele acabava de esbarrar com a própria cabeça.

— Arrá! — disse, e a luz do fósforo, como um vagalume, brotou e se expandiu dentro do lampião, e o cômodo então se revelou para eles. O lampião estava pendurado sobre uma mesa de madeira robusta, simples, sobre a qual repousava uma faca grande e afiada. Em uma das paredes, pendia uma variedade de panelas de latão. Em outra havia algumas prateleiras com várias latas, garrafas e potes de vidro. Abaixo disso, algumas caixas de madeira e pequenos barris acomodados bem precariamente no chão, com vários sacos marrons não identificados jogados ao lado. O urso olhou dentro de um deles e, depois de um aceno de cabeça, em outro.

— Eba! — disse. — Biscoitos!

— Mesmo? — disse o menino. — São de chocolate?

— Ah, não são esse tipo de biscoitos. São biscoitos de navio. Salgados. — Ele deu um ao garoto. O menino o pegou e o inspecionou de perto. Parecia bastante com um biscoito normal, mas era um biscoito sem graça que ele comeria em casa quando todas as outras coisas interessantes tivessem acabado. E era mais fino do que um biscoito normal. Mas, aparentemente, não o mataria. Ele deu uma mordida. Era muito duro e seco e tinha

gosto de nada, só que um pouco pior. Era a comida mais sem graça que ele já tinha provado e desapareceu em dois segundos.

— Que gosto horrível — disse ele. — Tem mais?

Sim, tinha mais. Ele comeu outros oito biscoitos, os últimos três tornados mais palatáveis pela adição de uma geleia surpreendentemente boa que o urso encontrou em um armário cheio de potes interessantes.

— Então — disse o menino, falando de boca cheia e cuspindo farelos —, não foi perigo o que você farejou.

— Talvez não — disse o urso. Ele parecia sério e prestes a dizer algo mais, mas então foi distraído pela descoberta de um pouco de carne-seca ("Que tipo de carne?", perguntou o menino;

"Melhor não perguntar", disse o urso), que, para ser mastigada, custou-lhes todo esforço e concentração, e tornou qualquer conversa impossível.

Quando ficaram satisfeitos, o urso tirou seu uquelele da mala e o tocou, e cantou algumas canções. O menino o acompanhou da melhor forma que pôde, mas, na

verdade, não conseguiu pegar direito a melodia nem sabia a letra. Acabou cantando outra coisa completamente diferente, ao mesmo tempo. O urso pareceu não perceber a diferença, ou talvez simplesmente não desse bola. O menino também estava se divertindo.

Em uma pausa entre duas músicas, o menino perguntou:

— Então, você consegue velejar esta coisa?

— Bem — disse o urso —, com as velas tão rasgadas e sem uma tripulação, seria bastante difícil, mas, claro, eu conseguiria.

— Ótimo! — disse o menino.

— Mas não vou, obviamente — disse o urso. — Nós vamos voltar para o *Harriet*.

— Mas por quê? Por que nós temos que ficar presos juntos em um barquinho a remo ridículo quando podemos ter todo esse espaço e essa geleia, e você nem precisaria remar?

O urso lançou ao menino um olhar severo.

— O *Harriet* é o meu barco. Eu sou o capitão. Este navio tem um outro capitão. Só porque ele não está aqui agora não significa que podemos roubá-lo. Não somos piratas.

O menino pensou em contra-argumentar, mas viu que o urso estava decidido e determinado quanto a essa questão.

— Mas vamos levar um pouco mais da comida — disse o urso. — Vou deixar um bilhete dizendo a eles que nós, hum, pegamos emprestado. — Então, ele se pôs a enfiar toda a comida que podia (biscoitos e garrafas e carnes e potes) em dois sacos. Entregou o menor deles para o menino e depois subiram para o convés e iniciaram a volta para o *Harriet*. O menino, arrastando o seu saco pelo convés, logo ficou para trás do urso, que carregava o seu como se não pesasse absolutamente nada. Quando o menino conseguiu subir os degraus do convés principal para o da proa, com o saco sendo arrastado escada acima atrás dele, o urso já devia estar de volta à corda havia algum tempo. Algo estava errado. O urso olhava sobre a lateral do navio, debruçado sobre a balaustrada, como se o navio tivesse começado a afundar. Ao se aproximar, o menino pensou ter ouvido um soluço baixinho.

Ele se pôs ao lado do urso.

— Hum, há algo errado? — perguntou o menino.

O urso virou um pouco a cabeça, mas olhou para o menino apenas com o canto do olho. Ele levantou um braço solitário e, com um gesto fraco, apontou para baixo, para o mar. O menino olhou por cima da balaustrada do navio.

— Oh — disse ele.

Ele voltou a olhar para o urso, que parecia cada vez mais desanimado e triste.

— Hum — disse o menino.

Ele tornou a olhar sobre a balaustrada para se certificar de que tinha visto o que pensava ter visto.

A corda pendia junto à lateral do navio. No final dela, estava a corda mais fina que o menino havia amarrado. No final dessa corda, não havia absolutamente nada. Um olhar rápido ao redor revelou apenas um mar vazio, em todas as direções. O *Harriet* se fora.

— Oh — disse o menino.

O urso ainda não olhava para ele.

— Você devia — disse o urso — ter amarrado a outra ponta no *Harriet*.

— Eu amarrei. Eu a amarrei àquela coisa de metal onde vai o remo.

— Que tipo de nó você usou? — a voz do urso era pesada, triste e baixa.

— Bem, não foi exatamente um nó. Não exatamente. Eu só meio que... enrolei a corda algumas voltas. — O menino, ouvindo a si mesmo enquanto falava, se deu conta de que aquilo não soava nada bem. — Pareceu seguro, naquele momento —

disse, com um sussurro de quem pede desculpas. Ele pensou que o urso ficaria bravo, mas ele não disse nem fez nada, só ficou ali, debruçado sobre a balaustrada, olhando tristemente para onde o *Harriet* deveria estar, mas não estava.

— Desculpe — disse o menino.

O urso respirou profunda e lentamente e então expirou tudo em um longo e triste suspiro, como um pneu gigante com um furo, ficando mais acabrunhado e mais vazio do que nunca.

— Não é culpa sua — disse o urso finalmente, com uma voz cheia de decepção e derrota. — Eu mesmo devia ter feito o nó.

— Desculpe — disse o menino de novo, mas o urso não respondeu nem se mexeu. O menino não conseguia pensar em mais nada para dizer; então, simplesmente ficou ali, em pé, constrangido, observando o urso durante um tempo, e, em seguida, se afastou. Ele gostaria de poder fazer o urso se sentir um pouquinho melhor de algum jeito, mas a única coisa na qual conseguia pensar não parecia boa o suficiente. Mas era só o que ele tinha. Ele desceu correndo os degraus que levavam até o convés principal, deixando o urso desalentadamente caído sobre a balaustrada, imóvel e triste e acabado.

Ops

Não foi um ruído muito alto, mas o suficiente para alertar o urso. Ele se endireitou virando-se para ver o menino se aproximar bastante rápido, carregando a mala.

— Você ouviu isso? — perguntou o urso.

— O quê? — disse o menino.

— Esse barulho.

— Hum, não. Acho que não. Olhe, eu estava pensando. Você tem razão, seria errado nos apoderarmos desse navio. Talvez, se houvesse um bote salva-vidas a bordo, em algum lugar, pudéssemos pegá-lo emprestado e aí

isso seria bem legal, mais parecido com o *Harriet*, e você poderia se sentir melhor a respeito.

— Não, não tem nada. Eu olhei — disse o urso. — Receio que precisaremos pegar o navio. Não gosto da ideia, mas parece, de fato, que não tem ninguém a bordo há muito tempo. Então, talvez, não haja mal algum.

— Não tem nenhum bote salva-vidas? — perguntou o menino.

— Não — disse o urso. Ele olhou para o menino com mais atenção.

— Por que o seu rosto está tão sujo? — perguntou.

— Está? — disse o menino.

— Sim. Bem preto.

— Oh, que estranho — disse o menino, lambendo a mão e esfregando a própria bochecha.

— Parece fuligem — disse o urso.

— É? — perguntou o menino.

— Você tem certeza de que não ouviu um baque surdo, agora há pouco?

— Um trovão, talvez?

— Não, não foi um trovão. Sei distinguir um trovão quando ouço um. — O urso encarou o menino com firmeza, avaliando se seu rosto sujo parecia culpado, seus modos, inquietos, sua expressão, nervosa.

— O que você fez?

— Nada — disse o menino, olhando para todos os lados, menos para os olhos do urso.

— Mesmo? — insistiu o urso.

— Bem — disse o menino —, eu só pensei em lhe fazer um chá.

— Oh — disse o urso.

— Porque achei que isso iria alegrá-lo.

— Mesmo?

— Então, tentei acender o seu fogareiro.

— Ah, meu Deus — disse o urso.

— É meio difícil aquele fogareiro, não é? — disse o menino, equilibrando-se à medida que o convés se inclinava para um dos lados, abaixo de seus pés.

— Sim, é preciso se acostumar com ele — disse o urso.

Em algum lugar acima deles, houve um estardalhaço de asas batendo que desapareceu aos poucos. Nenhum dos dois olhou para cima, para ver a partida do pássaro.

— E a explosão fez um buraco *muito* grande no navio? — perguntou o urso.

— Bem grande, sim — disse o menino. — Desculpe.

— Eu estava mesmo me perguntando por que os meus pés estavam molhados — disse o urso.

O mar, porque tinha péssimos modos à mesa, engoliu o *Sereia* com uma pressa rude. O buraco no casco que o acidente do menino com o fogareiro provocara se alargou rapidamente à medida que a água brotava através dele, rasgando porções inteiras da madeira. O navio se encheu de água e começou a afundar. O urso conseguiu se agarrar à mala enquanto eles abandonavam o navio, mas os sacos de comida, que já eram pesados para começo de conversa, rapidamente ficaram encharcados, escaparam das garras do urso e afundaram. Um pote de geleia pela metade voltou boiando à superfície, mas o restante da comida seguiu o *Sereia* até as profundezas escuras. O casco, afundando, sugou o mar sobre si, e uma corrente puxou firmemente as pernas do menino para baixo. O urso lançou um braço forte e peludo em volta dele e o ergueu, enquanto a água agitada batia insolente em seus rostos. Eles agitaram as pernas e os braços e gritaram, e as águas acabaram por se acalmar em volta deles. Eles flutuaram, o menino se engasgando na tentativa de respirar, o urso, sólido como uma ilha, entre barris espalhados, tábuas quebradas e velas rasgadas. Em algum lugar, no alto e ao longe, um pássaro azulão grasnava:

— *Kark!*

— O que vamos fazer agora? — perguntou o menino.

— Melhor a gente nadar — disse o urso. — Você se lembra da pedra no mapa?

— Sim.

— Bem, não está longe. Vamos até lá. É uma pedra bem grande, acho. Quase uma pequena ilha. Pode ser bastante aprazível, nunca se sabe.

— E você sabe onde ela fica? — perguntou o menino.

— Sim — disse o urso, confiante. — Para este lado. — Ele ergueu uma pata sobre a superfície e apontou, com um pequeno, mas seguro, gesto.

— Tudo bem — disse o menino.

Eles colocaram a mala sobre um fragmento do casco do *Sereia* que estava flutuando por perto e, segurando nele, agitaram as pernas e avançaram lentamente na direção que o urso havia indicado.

— Então, pode ser que haja árvores e comida e água e outras coisas nessa ilha? — perguntou o menino.

— Talvez — disse o urso. — Nunca estive lá, então não posso ter certeza. É bastante fora do caminho. Não tenho certeza de que alguém tenha estado lá, na verdade.

— Oh, está bem — disse o menino. — Então, se nós somos os primeiros a ir até lá, temos o direito de dar um nome a ela?

— Não tenho certeza — disse o urso. — Talvez. Sim. Sim, por que não?

— Maravilha! — disse o menino. — Podemos dar a ela o meu nome.

Ambos pensaram nisso por um momento, apesar de não exatamente da mesma maneira.

— A menos que seja uma ilha horrível — disse o menino. — Aí podemos dar a ela o seu nome.

— Obrigado — disse o urso.

— De nada — disse o menino.

Eles prosseguiram. Não falaram muito, já que o menino logo ficou exausto demais para continuar falando. Depois de algum tempo, o urso sugeriu que o menino subisse nas suas costas e descansasse um pouco, o que ele fez. O sol estava se pondo, e o menino aconchegou o rosto na pelagem entre os ombros do urso. Sua camisa molhada estava começando a secar um pouco no sol, ainda cálido, e também havia o calor que ele recebia do urso. Apesar da situação desesperadora, o menino se sentiu estranhamente aconchegado. Ele ficou sonolento, as pálpebras caindo e voltando a se abrir. Focou, então, no pelo do urso, bem próximo ao seu rosto, cada fio bem definido na bela luz dourada, e então se embaçando novamente à medida que a exaustão o conduzia para o sono. O menino conseguia sentir a lenta e forte pulsação cardíaca do urso batendo contra o seu peito, em um ritmo estável e reconfortante. Ele podia ouvir que o urso estava cantarolando uma melodia. Tentou distinguir qual, mas estava baixinho demais. Podia ser qualquer coisa.

O menino fechou os olhos para se concentrar melhor, e a escuridão o abraçou e conduziu ao sono.

Terra firme

Quando o menino acordou, a primeira coisa que ele viu foram os joelhos do urso. De início, achou que ainda estavam no *Harriet,* mas então se deu conta de que a superfície sob seus pés era pedra, em vez de madeira, e se lembrou, com uma pontada de culpa, de que o *Harriet* fora perdido. Mas, pelo menos, o urso conseguira levá-los até a ilha, era o que parecia. O menino sentiu o corpo enrijecido quando se levantou, como se a dureza da pedra tivesse se infiltrado nele, de alguma forma, e seus olhos e sua cabeça estavam tontos e meio adormecidos.

— Olá, urso — disse ele, esfregando os olhos turvos e tentando encontrar o foco.

— Oh, olá, menino — disse o urso. Ele estava sentado na sua mala, de costas para o mar, olhando para baixo na direção do quepe de capitão que descansava sobre suas patas. Então, ele recolocou o quepe na cabeça, piscou e olhou para o menino.

— Você sabia mesmo a direção, então? — perguntou o menino.

— Claro — disse o urso. — Nós tivemos sorte, na verdade. Não era longe demais, e houve uma anomalia nas correntes que nos ajudou a percorrer o nosso caminho.

— Você já teve tempo de explorar um pouco o lugar?

— Hum, sim.

— E que tal parece? — perguntou o menino, bocejando e se espreguiçando.

— Hum, veja você mesmo. — O urso acenou com a pata sobre o ombro do menino.

O menino virou a cabeça e olhou.

Não era uma ilha, era apenas uma pedra. Não havia sequer uma árvore ou planta à vista. Não era sequer uma pedra muito grande. E certamente não era uma pedra bonita. E era quase tão atravancada de coisas quanto o *Harriet*, já que várias partes de destroços do *Sereia* pareciam ter sido levadas até lá.

— Oh, isso é inútil. Estamos em uma pedra fria, molhada, horrorosa e cheia de porcaria — disse o menino.
— Vamos batizá-la com o seu nome, então.

—O mar está aí, se você preferir — disse o urso, apontando. — É mais espaçoso, mas não é tão seco. Escolha. Seja como for, não vamos ficar aqui por muito tempo.

— Oh, ótimo. Para onde vamos nadar em seguida?

— Não vamos nadar. Vou construir uma balsa.

O menino deu mais uma olhada nos pedaços espalhados de madeira e outras partes que lá estavam. Havia algumas tábuas razoavelmente intactas e alguns barris vazios. Também havia uma parte de um mastro com algum cordame preso nele. Então, eles tinham corda com que trabalhar, pelo menos. E havia mais destroços flutuando nas águas em volta da pedra. Se eles nadassem um pouco, poderiam juntar mais material para a balsa.

O menino estava prestes a sugerir isso para o urso quando percebeu o quão molhado estava o pelo dele. O urso dera duro enquanto o menino dormia. Apenas uma pequena porção da madeira fora parar sem ajuda na pedra.

— É uma boa ideia — disse o menino, baixinho. — Posso ajudar?

— Sim — respondeu o urso —, mas eu me encarrego dos nós.

Eles trabalharam juntos em silêncio, mas alegremente. O menino estava com fome e ainda cansado apesar do tanto que dormira, mas ajudou como pôde. Uma boa parte da madeira era pesada demais para ele carregar, mas ele conseguia rolar os barris e, às vezes, era capaz de segurar coisas no lugar enquanto o urso as unia com uma corda. O menino fazia o que o urso lhe dizia para fazer e, assim, ajudou, e a balsa, aos poucos, começou a ganhar forma. Na hora do almoço, eles pararam e comeram a geleia, o menino tirando todo o restinho dela do pote com o dedo. Depois disso, ele ficou sonolento mais uma vez.

— Tire uma soneca — disse o urso, notando um bocejo que o menino tentou esconder. — Posso continuar sozinho, e vou precisar de você novinho em folha e alerta quando partirmos.

O menino sabia que o urso podia ter feito tudo aquilo sozinho. Ele queria insistir em ajudar, mas, da sua posição, sentado, era muito mais fácil se deitar,

só por um instante, do que se pôr de pé. Então, ele se deitou e descobriu que a pedra fria e molhada estava surpreendentemente morna e macia. Ele fechou os olhos, só por um instante.

Quando os abriu novamente, a luz havia mudado e o urso estava atando uma corda ao mastro da balsa. Parecia mais ou menos que ela estava concluída.

— Foi rápido — constatou o menino.

— Na verdade, não — disse o urso. — Você dormiu por horas a fio. E roncou.

— Eu não ronco — disse o menino. — Ronco?

— Um pouquinho. Eu pensei que o pai do monstro estava vindo nos pegar. Fiquei preocupado, até me dar conta de que era você.

O menino pareceu ofendido, mas só um pouco. Ele deu uma boa olhada na balsa.

— Parece meio instável, não? — disse ele, apontando.

— Bem, precisei improvisar muito com esses materiais tão limitados — disse o urso —, por isso não é nenhum *Harriet*, mas é sólido o bastante, eu lhe asseguro.

— Vai flutuar?

— Claro que vai flutuar — disse o urso. Ele olhou para a balsa, pensativo. — Acho.

— Bem, não podemos colocá-la na água e descobrir? — perguntou o menino.

— Ainda não. A maré baixou. Precisamos que ela suba novamente.

— Oh! — disse o menino, olhando da balsa para o mar.

— Oh! — disse o menino de novo. A maré, de fato, baixara.

Na verdade, baixara um bocado. O nível da água havia caído uns bons vinte metros. A pedra na qual eles estavam era, no fim das contas, uma coluna alta, cujas laterais caíam abruptamente até o mar. O menino olhou com cautela para as ondas ao longe e ficou um tanto enjoado. Ele deu um passo para trás e se sentou.

— Isso não é normal, é? — perguntou.

— É um pouco incomum — admitiu o urso. — Provavelmente se deve a...

— Anomalias imprevisíveis nas correntes? — perguntou o menino.

— Isso mesmo — disso o urso. — Como você sabe?

— Dei sorte — disse o menino.

— Seja como for, só precisamos esperar que a maré suba, para podermos partir. Enquanto isso, temos que içar a vela.

O urso conseguiu, de alguma forma, salvar uma toalha de mesa dos destroços do *Sereia*. Ele a abriu para o menino ver.

— É um pouco pequena — disse o menino.

— Um pouco, sim — concordou o urso. — Mas também não é uma balsa tão grande assim.

— E tem um monte de furos nela — disse o menino.

— Bem, se tiver um kit de costura com você, fique à vontade para costurar os furos — disse o urso, testando um pouco o menino. — Senão, vai ter que ser assim mesmo. Vai funcionar, você vai ver.

O urso amarrou a toalha na barra que ficava no topo do mastro. Em seguida, amarrou as pontas de baixo à base da balsa. Ele voltou para junto do menino e olhou para o resultado do seu trabalho.

— Bem — disse o urso —, não está bonito, mas acho que vai funcionar.

O menino só podia concordar. De fato, não tinha nada de bonito: estava rasgada e mal-arranjada e simplesmente estranha. Mas também era notavelmente impressionante. A balsa parecia forte e segura, como se fosse sobreviver semanas a fio no mar sem qualquer problema. O menino não estava inteiramente certo de que iria flutuar, mas ele estava confiante de que não se faria em pedaços. Do seu jeito, era magnífica.

— Na verdade — disse ele —, está bem impressionante.

O urso não disse nada. Ele estava prestes a sorrir, mas uma repentina rajada de vento o fez parar.

— Oh! — disse ele. — Melhor nós...

Mas era tarde demais. A vela da balsa se encheu, e a balsa velejou para fora da ilha e sumiu de vista. O menino e o urso correram a curta distância até a beirada da pedra e olharam para baixo, para ver, horrorizados, a balsa, depois de uma elegante cambalhota em pleno ar, atingir a água, balançar brevemente para um e outro lado, e então sair velejando a uma velocidade considerável. Ela se encolheu no horizonte. O menino e o urso a observaram ir embora.

— Bem — disse o menino —, você tinha razão quanto à vela.

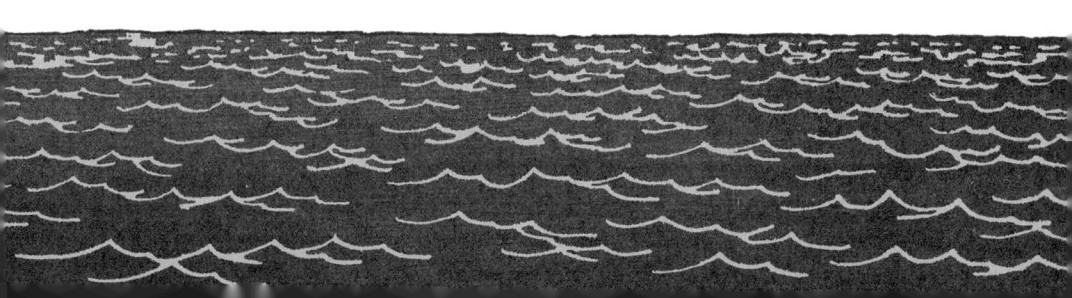

Uma promoção temporária

O urso se sentou sobre a mala e observou a balsa até ela se tornar apenas uma manchinha no horizonte. Então, ficou olhando a manchinha até ela desaparecer. Depois observou o horizonte. E permaneceu ali sentado, em silêncio, com o olhar fixo na linha onde o céu azul sem nuvens encontrava o mar azul. O menino olhou para ele. O urso estava absolutamente parado, como se estivesse congelado ou petrificado. E, apesar de ele não estar emitindo som algum e de nada alterar a expressão de seu rosto, o menino achou ter visto algo mudar em seus olhos. Devia ter sido um truque da luz, mas o sol estava firme, e o céu não apresentava nenhuma nuvem. Na verdade, a luz não havia se modificado em nada. Mas parecia que os olhos do urso haviam escurecido enquanto o menino os observava. Como a lâmpada de uma lanterna cujas pilhas estão ficando fracas: eles se apagaram até não haver mais nada lá, senão uma sombra rasa. Como se dentro do urso não houvesse restado nada.

— Podia ser pior — disse o menino.

O urso, com os olhos mortiços ainda virados para o mar, mal moveu os lábios ao responder.

— Como? — perguntou ele, numa voz baixa e monótona.

O menino pensou no assunto por um momento e descobriu que não conseguia encontrar uma boa resposta; então, decidiu mudar de assunto.

— O que faremos agora? — perguntou o menino.

Isto, finalmente, fez o urso se mexer, ainda que somente um pouco. Ele inclinou a cabeça na direção do menino, olhando-o tristemente.

— Não sei.

Então, voltou seu olhar opaco para o mar.

— Nada, acho — continuou ele. — Nada do que fazemos adianta de nada; então, bem que podemos simplesmente não fazer nada.

— Isso não é jeito de um capitão falar — disse o menino.

— Não, você tem razão — concordou o urso.

O menino se alegrou um pouco.

— Mas que espécie de capitão perde a própria embarcação? — perguntou o urso. — Na verdade, três embarcações. Perdi três embarcações num dia. Isso deve ser um recorde.

O menino desejou poder pensar em algo reconfortante para dizer, mas não conseguia deixar de pensar que, na verdade, sim, provavelmente era um recorde.

— Eu devo ser o pior capitão naval de todos os tempos — concluiu o urso, numa voz triste.

— Não — concluiu o menino. — Não, você não é. Você é um bom capitão. Você só foi um pouco... azarado, só isso.

— Não. Eu sou um capitão de nada — discordou o urso, ainda em voz bem baixa e sem emoção alguma, como se estivesse simplesmente constatando um fato sobre o qual ele não tinha qualquer sentimento.

— Claro que você é. Você é um capitão brilhante.

— Você não acha isso de verdade — disse o urso.

— Claro que acho — insistiu o menino.

— Não. Não acha. — O urso havia pego um pedaço de papel do chão, junto aos seus pés. Ele o mostrou para o menino. Havia desenhos e rabiscos no papel.

— A sua garrafa chegou flutuando até nós enquanto você estava dormindo — disse o urso. — Quem é Richard Skerritt?

— Oh! — exclamou o menino.

Tratava-se da mensagem que o menino havia colocado na garrafa dias antes. Dizia:

"Para Richard Skerritt" (Richard Skerritt fazia parte da turma na escola. O menino não gostava dele.)

"Estou preso em um barco idiota com um urso idiota, na pior das piores e provavelmente prestes a morrer, porque o urso idiota fez a gente se perder no mar."

Embaixo havia um desenho do *Harriet* com uma imagem não muito lisonjeira do urso na frente do barco e uma seta apontando para a popa. Na outra ponta da seta, dizia: "Gostaria que você estivesse aqui."

Então, ele assinara seu nome. Depois, tinha acrescentado: "P. S. Gostaria que eu não estivesse."

O menino levantou os olhos do pedaço de papel e encarou o urso. Ele não estava bravo, mas o menino quase desejou que estivesse.

— Eu não estava falando sério — disse o menino.

O urso ficou calado.

— Bem — continuou o menino —, eu estava falando sério na época. Mas não acho isso agora. Agora eu conheço melhor as coisas. Você é um capitão fantástico. O melhor de todos. Agora, por favor, Capitão Urso, o que nós vamos fazer?

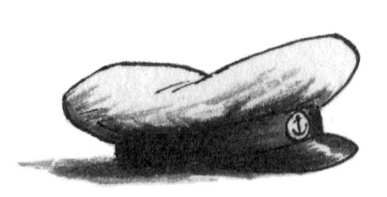

— Pare de me perguntar isso. Não sou mais o capitão.

— Sim, você é!

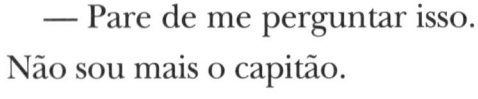

198

— Do quê? — perguntou o urso, no mesmo tom monótono e sem emoção. — Não tenho um barco. Sou o capitão do quê? Desta pedra? — Ele bufou de leve, sem qualquer humor. — Bem, pelo menos acho que eu não conseguiria afundá-la.

— Não faz mal não ter barco algum, você ainda é o capitão — disse o menino. Ele estava frustrado e bravo e assustado, e estava começando a gritar. — Claro que você é o capitão, você está usando o quepe de capitão.

O urso estava inclinado para a frente agora, como se a tensão nele estivesse tentando dobrá-lo em dois. Ele se debruçou na direção do menino, a ponta do seu focinho a poucos centímetros do rosto do menino, olhos frios, escuros e tristes olhando para ele.

— Não — disse ele simplesmente, baixinho, levando uma pata solitária à cabeça. — Não, não sou. — Então, tirou o quepe e o deixou cair junto aos seus pés. Ambos olharam para ele, ali caído, durante um segundo. O menino olhou para o urso. Pensou em insistir com ele mais um pouco, mas dava para ver que não adiantaria. O urso tinha chegado no seu limite. Um turbilhão de pânico e dor e tristeza começou no estômago do menino, mas ele engoliu em seco e tentou ignorá-lo. Ele queria muito chorar. Mas não chorou.

Bem, então, ele pensou. *Aqui estamos nós.*

O menino apanhou o quepe e o colocou na cabeça.

Ele teve que puxá-lo bem para trás a fim de evitar que caísse sobre seus olhos, embora o quepe nem lhe desse um ar de autoridade. Então, ele se empertigou e tentou evitar que sua voz tremesse.

—Muito bem—disse ele.

— Acho que é melhor eu assumir a responsabilidade durante um tempo...

O urso, com certeza, reagiria a isso. Com certeza, agarraria de volta o quepe de capitão e se encarregaria de tudo novamente, o menino não tinha dúvida disso. De fato, ele tinha tanta certeza disso quanto possível. A qualquer momento...

O urso olhou para o menino, mas ficou calado, voltando seus olhos mortiços para o outro lado e olhando para o nada.

Oh!, pensou o menino. *Agora, o que eu faço?*

Ele não fazia ideia, mas pensou que seria melhor se, pelo menos, pudesse ter uma aparência próxima à do urso. Caminhou decididamente até a mala do capitão e examinou o que havia dentro. O telescópio estava lá; então, ele o pegou e o abriu. Levantou o instrumento até um dos olhos e olhou para o horizonte. Parecia uma coisa bem capitanesca de se fazer; aí, pensou que era o caso de ficar com o telescópio até ter uma ideia melhor.

— Bem, agora, vamos começar pelo começo — disse ele. — Vamos verificar qual é a nossa situação.

Lentamente, ele girou sobre o próprio eixo, percorrendo o mar em todas as direções e viu, como, com certeza, temera e esperara, somente céu e mar (exceto pelo breve instante em que, acidentalmente, olhou para o urso, fora de foco e muito ampliado, e ele quase pulou de dentro da própria pele, de susto).

Sem qualquer ideia melhor lhe ocorrendo, decidiu olhar em volta mais uma vez.

— Melhor me certificar — disse ele, tentando exalar confiança e comando. O urso parecia sequer ter-lhe ouvido.

— Ó — disse o menino —, me dê a sua mão, sim? Se eu subir nos seus ombros, vou enxergar um pouco mais além. Vamos lá, me levante.

Relutante, o urso pegou o menino e o içou até seus ombros.

— É isso aí — disse o menino, numa voz tão alegre quanto possível. — Para cima com o telescópio!

O urso segurou as pernas do menino e se endireitou.

— Agora — disse o menino —, gire-me lentamente para que eu possa dar uma boa olhada nas coisas.

O urso obedeceu e se moveu e lentamente girou sobre o próprio eixo, fazendo do menino um tipo vivo e estranho de farol. O menino manteve o foco do telescópio nas partes mais distantes do mar, na primeira volta, então aproximou mais o olhar, na outra volta, então afastou o olhar de novo e o aproximou mais uma vez... Não havia nada. Até mesmo os últimos pedaços de destroços do *Sereia* há muito tinham ido embora, boiando para o horizonte em uma ou outra direção. Provavelmente seguindo a balsa, como patinhos indo em busca da mãe.

— Satisfeito? — perguntou o urso. — Você vai descer agora?

— Mais uma volta, por favor — disse o menino. — Vamos tentar a sorte.

— Rá! Sorte! — disse o urso, mas sem deixar de girar.

O menino olhou pelo telescópio com tanto empenho que pensou que seu globo ocular devia estar saindo do rosto. Ainda assim ele não viu nada, mas não conseguia ter coragem de dizer isso para o urso. Ele pediu "mais uma volta" três outras vezes, e o urso, sem uma palavra, continuava girando. Depois da terceira vez, ele parou.

— Não faz sentido — disse ele. — Não há nada lá fora, há? — E sua voz trêmula tocou o coração do menino.

Então, o menino decidiu mentir.

— Espere! — disse ele, embora ainda não estivesse vendo nada. — Tem algo...

Sua mente parecia uma teia de aranha, e ele precisava fazer muito esforço para conseguir pensar claramente. *O que eu vou fazer agora?*, pensou ele. *Não posso fazer algo surgir só porque...* Mas ele não tinha nenhuma ideia melhor. *Eu bem que gostaria que algo aparecesse.*

— O que foi? — quis saber o urso.

Boa pergunta, pensou o menino. E, então, ele viu. Pelo menos, achou ter visto. Tinha uma manchinha saliente no horizonte. Ele, com certeza, ficara louco. Queria tanto ver alguma coisa que estava imaginando coisas. Sacudiu um pouco o telescópio para ter certeza de que não era só alguma poeira na lente. Piscou com força seus olhos traiçoeiros e olhou de novo. Ainda estava lá.

— Não se mexa! — disse ao urso, e sua voz era alta e clara, como a voz de um capitão. O urso ficou parado, e o menino sentiu que seus braços estavam pesados e cansados enquanto ele segurava o telescópio do jeito mais imóvel que conseguia, determinado a não perder de vista a mínima nódoa de esperança.

— Ainda não tenho certeza — disse ele ao urso. — Tem alguma coisa, mas está muito perto do horizonte e, se está se mexendo, é muito lentamente. Ainda não consigo dizer se está ficando maior.

Seus pesados braços doíam, e ele sentia frio e cansaço, mas o telescópio estava absolutamente firme nas suas mãos. Ele ficou observando e esperando e ansiando.

— Está se aproximando — disse ele. — Acho... sim, agora tenho certeza! Está ficando maior. Está se aproximando.

E agora ele conseguia ver do que se tratava. Ele não podia acreditar. Manteve o telescópio junto ao olho e piscou e piscou de novo. Não desapareceu. Ele não estava só imaginando coisas.

— É o *Harriet*! — disse ele.

Um tremor subiu pelos ombros do urso e pelo menino, e fez sua visão tremer.

— Está bem longe, mas pode ser que a gente consiga nadar até lá — disse o menino. Ele estava falando rápido agora, tagarelando animado. — Ou, então, você poderia ir e eu esperaria aqui.

— Vamos nós dois — disse o urso.

— Está bem — disse o menino. — Oh, mas vamos ter que esperar a maré subir, antes...

— Já está subindo — disse o urso, dando-lhe um tapinha na perna.

O menino olhou para baixo e viu que a água havia subido de novo, dessa vez mais alto, submergindo inteiramente a pedra. O urso estava com a água até a barriga, a mala flutuando ao seu lado.

— Essas marés são mesmo estranhas — disse o menino. — É bem diferente em Cromer.

— Essas águas daqui são estranhas, é verdade — disse o urso, e delicadamente se debruçou à frente, flutuando e chutando os pés. — Fique sobre os meus ombros. E agora, para qual direção?

O menino levou o telescópio de novo aos olhos e espreitou em volta. Inclinando-se para a frente sobre a cabeça do urso, ele apontou um dedo decidido e o urso partiu naquela direção, empurrando a mala para a frente, na direção do *Harriet*.

A bordo de novo

Ansioso, forte e firme, o urso nadou. Rápido. Ele varou a água, o nariz logo acima da superfície, as pernas criando uma espuma branca. O menino estava sentado em seus ombros, imóvel e confiante.

Logo eles chegaram lá. O menino passou por cima da cabeça do urso e subiu no *Harriet*. O urso jogou a mala dentro do barco e, em seguida, entrou, fazendo o barco se inclinar na sua direção. Os dois ficaram sentados, pingando, nos dois extremos do banco do meio, enquanto o barco balançava até voltar à posição inicial. O urso, apesar de estar ensopado e cansado, parecia brilhar com energia redobrada. Ele se sentou alerta e empertigado, sorriu, e seus olhos estavam cheios de vida novamente.

O menino sorriu também, se levantou e se inclinou na direção do urso. Ele tirou o quepe e o colocou na cabeça do companheiro.

— Bem-vindo, capitão — disse ele.

O urso permaneceu em silêncio, ajustou o quepe levemente na cabeça e se reclinou no próprio assento, abanando ligeiramente o traseiro, como se o estivesse colocando no lugar. Então, pegou os remos e começou a remar.

Splash, splash, splash...

O menino sentou no seu banco e ficou ali, pensando. Ele estava de volta ao barquinho ridículo com o velho urso fedorento remando e levando-os para Deus sabia aonde e sem qualquer ideia de quando ou se iriam comer de novo. E ele estava completamente feliz.

— Quer jogar Estou Vendo? — perguntou.

— Hum — disse o urso. — Não me incomodaria.

Tempestuoso

S plash, splash, splash...

Eles já haviam jogado Estou Vendo por um bom tempo. E então, quando o menino não aguentava mais, ele delicadamente recusou mais uma rodada e leu de novo a revistinha algumas vezes.

Ele não queria nem pensar em quando fora a última vez que tinham comido. Mas sua fome estava lá havia tanto tempo que ele se acostumara a ela. Era uma coisa normal agora e, na verdade, nem lhe dava mais bola.

O urso cantarolava baixinho consigo mesmo. Ele parou de remar e olhou em volta para onde estavam se dirigindo, lá adiante no horizonte, e então se virou de novo, olhou para o menino, tirou o quepe, coçou a cabeça um momento, recolocou o quepe. Tirando as pausas para o chá e para dormir, aquele era o maior período de tempo que o menino o vira sem remar. Então, o urso apertou os olhos, deixou a cabeça pender para um dos lados, olhou para longe, além do menino. Algo escuro e assustador passou pelo seu rosto, uma rápida visão de alguma preocupação que ele rapidamente voltou a esconder. O menino mal percebera, mas foi o suficiente para lhe fazer uma pergunta.

— O que está acontecendo de errado? — perguntou, voltando-se para olhar para trás e sentindo uma rajada afiada de vento no rosto.

— Estou vendo algo que começa com N — disse o urso, acenando a cabeça para indicar algo atrás do barco. Surpreso, o menino virou a cabeça e olhou na direção que o urso havia indicado.

O menino só conseguiu ver uma única e pequena nuvem cinza-claro, bem distante deles. Ele se virou novamente para o urso.

— Mais chuva inclemente no caminho? — perguntou o menino, alegre. — Podemos remar na direção dela? Um pouco de chuva seria útil para mim.

— Não — disse o urso. — Mesmo porque vai estar sobre a gente, logo, logo.

— Por que você está preocupado com aquela coisinha? — perguntou o menino. — E, de todo jeito, está a quilômetros de distância. — Ele se virou de novo para olhar. A nuvem, de fato, ainda estava bastante longe. Mas *estava* mais próxima agora. E maior. E mais escura.

O menino a observou, assustado e fascinado. Ele podia ver a nuvem ganhar corpo, avançando sobre eles e escurecendo diante de seus olhos. Ele podia ouvir o ritmo das remadas do urso se acelerar, e o barulho dos remos atingindo a água e ficando mais alto e mais forte à medida que o urso os puxava com mais força, fazendo o barco avançar mais rápido do que nunca. Mas a nuvem se movia ainda mais rápido, avançando na direção deles de forma ameaçadora e violenta. Olhando para trás, para o urso, o menino vislumbrou mais uma expressão preocupada. O pelo do animal se arrepiou no vento crescente.

— Vai ser muito ruim? — perguntou o menino.

O urso olhou-o bem nos olhos.

— Sim — respondeu. — Vai ser ruim.

Enquanto pronunciava as palavras, ele foi jogado na escuridão. O menino se virou de novo e viu que a nuvem, uma massa preta e grande, estava quase sobre eles agora.

— Muito bem — disse o menino. — O que faremos?

— Nós vamos nos segurar ao máximo — disse o urso. — Vai ser interessante.

O mar estava acordando agora, espichando e flexionando seus músculos, depois se dobrando, dançando, batendo os pés e golpeando e balançando e agitando o barco. O vento também chegou forte até eles, jogando o cabelo do menino sobre os olhos, e jogando sobre eles borrifos de água colhidos no mar. O menino olhou para cima com olhos ardentes. A nuvem era tudo o que ele conseguia ver do céu agora, assomando-se como uma ameaça, escura, cruel e aterrorizante. E, então, a chuva começou. Não houve qualquer preâmbulo delicado, nenhuma progressão gradual da garoa para a tempestade. Instantaneamente, ouviram-se pancadas pesadas de água caindo sobre eles.

O menino olhou para o urso, já difícil de se ver em meio ao aguaceiro furioso. Seu rosto estava imóvel, e sua cabeça, em constante movimento, olhando em volta, observando as ondas e fazendo o melhor que podia para manter o *Harriet* flutuando, golpeando a água com um e outro remo, fazendo-os avançar no caos. O urso estava completamente absorto pela tarefa, e também preocupado, mas não verdadeiramente assustado. Era claro, apesar de o menino só conseguir enxergar muito pouco do urso através da chuva, das gotículas no ar e das ondas, que ele estava se deliciando com o desafio.

Ele estava lutando contra o mar e não sabia quem iria vencer. O menino se perguntou se aquilo já havia acontecido antes.

Eles estavam com água até os tornozelos agora, e o menino se aventurou a tirá-la do barco com as mãos em concha sempre que o barco parecia estável o suficiente para que ele não precisasse se segurar com toda a força. A chuva caía sobre eles pesadamente, e o vento os fustigava enquanto o mar, agitado, os jogava para um lado e para o outro.

— Isto é o que você chama de interessante, é? — gritou o menino com tanta bravata quanto possível. Mas ele mal conseguia ouvir a própria voz em meio ao barulho da chuva e do mar agitado, e o urso estava concentrado demais na sua tarefa para prestar qualquer atenção além de um olhar ocasional com o canto do olho.

As ondas pareciam montanhas agora. Apesar de todo o esforço do urso para evitar que o *Harriet* fosse a pique enquanto elas eram jogadas sobre eles, tanta água havia entrado que o barquinho estava enchendo. Então, o mar os colheu. Uma onda gigantesca se ergueu abaixo deles, elevando-os absurdamente e mantendo o *Harriet* oscilante lá em cima. Eles pareceram segurar as pontas por um momento, parados e calmos, bem acima das ondas furiosas. Mas uma agitada espuma abaixo do casco do *Harriet* os derrubou do poleiro e os jogou de

um despenhadeiro de água para mergulhar no mar lá embaixo. O impacto tirou o menino do seu assento, para além da lateral do barco. Ele viu a água, furiosa e espumante, esperando para abraçá-lo, erguendo-se para ele, em câmera lenta. Não havia lhe ocorrido o quão calmo ele estava até então, até o momento em que ficou totalmente indefeso. E, mesmo naquela hora, ele estava mais chocado do que aterrorizado. Ele respirou fundo, tão fundo quanto jamais respirara e quanto jamais imaginava respirar novamente.

Então, um golpe surdo e poderoso no seu braço o puxou de volta, fazendo-o aterrissar de novo no barco. Ele olhou para cima com o braço doendo e viu o urso, ainda lutando contra as águas com um remo, o outro perdido nas ondas no momento em que ele agarrou o menino. O urso lançou para o menino um sorriso breve. O menino sorriu de volta. De repente, o *Harriet* girou, e o remo que restava, enfiado profundamente na água, foi arrancado da pata do urso, saiu voando e seu cabo foi bater com força na cabeça dele. Por uma fração de segundos, ele simplesmente pareceu surpreso; depois, seus olhos se fecharam e seu corpo se dobrou em dois à medida que a consciência o abandonava. O menino deu um salto na direção do urso e agarrou uma de suas patas, inerte. E a imensa onda, da qual eles acabavam de cair, começou a quebrar acima deles. O menino olhou para ela, desafiadoramente, segurou-se firme no urso e se preparou para o pior. Ele respirou fundo. Então, uma coluna de água se dobrou e quebrou e atingiu em cheio o *Harriet* num poderoso e barulhento e furioso golpe, e tudo ficou escuro.

Calmaria

O urso acordou.

Isso, por si só, já era uma surpresa e tanto. Sua cabeça doía, mas parecia uma compensação bastante razoável para o fato de não ter morrido. Ele estava caído de costas, e o sol batia em seus olhos. Ele piscou e apertou os olhos, e uma sombra indistinta tomou forma diante dele.

— Olá, urso — disse o menino, que estava sentado sobre a sua barriga, segurando o uquelele.

— Meu uquelele — disse o urso, meio tonto.

— Você é o barco, este é o remo — disse o menino, erguendo o instrumento. — Espero que você não se importe.

O urso virou a cabeça e percebeu que estava flutuando sobre o próprio corpo no mar (um mar agradavelmente calmo) com algo duro e leve sob a cabeça.

— Eu consegui me agarrar à sua mala — disse o menino. — A tempestade começou a amainar depois que você foi nocauteado e eu a usei para fazer você boiar.

— Isso não deve ter sido fácil — disse o urso.

— Dei um jeito — disse o menino.

O urso ainda estava olhando para o lado, em vez de olhar para o menino. Havia destroços espalhados na água ao redor deles.

— *Harriet* — disse ele.

— Sinto muito — disse o menino.

O urso olhou para cima, na direção do menino. Uma tristeza abriu caminho em seu rosto, amoleceu e, então, se desfez. O menino a observou vir e ir embora, mais ou menos como ele esperara.

— Não podemos fazer nada — disse o urso. — Obrigado por me fazer boiar.

— De nada — disse o menino.

Fim

S plash, splash, splash...

É um esforço e tanto para o menino, empoleirado sobre a barriga do urso, se abaixar na direção da água com o uquelele para remar. Somente parte do instrumento mergulha na água, e, de tempos em tempos, ele precisa esvaziá-lo da água que se acumula lá dentro. Eles estão progredindo, aos poucos.

— Sabe, se você tocasse banjo, nós estaríamos indo muito mais rápido agora — diz o menino.

— Sinto muito por isso — diz o urso.

— Tudo bem — diz o menino.

— Você sabe para onde estamos indo? — pergunta o urso.

— Sim — diz o menino.

Splash, splash, splash...

— Você poderia bater um pouco as pernas, sabe, se quisesse dar uma mãozinha.

— Oh, sim — diz o urso. — Não tem problema.

O urso bate as pernas um pouco e eles saem do lugar, subindo e descendo juntos sobre o doce balanço das águas.

— Agora, sim, estamos avançando — diz o menino.

— Legal — diz o urso. E, depois de uma pausa: — Você acha que estamos quase chegando?

O menino olha para a frente e ao longe, para onde o sol está mergulhando no mar.

— Sim, urso — diz ele. — Tenho certeza de que estamos quase lá.

E o menino rema, e o urso bate as pernas, e, depois de algum tempo, eles cantam um pouco.

E eles desaparecem na linha azul do horizonte, na direção de algum outro lugar.